Steffen Mohr

RÄTSEL-KRIMIS

Ein Kommissar
für jede Jahreszeit

Eulenspiegel Verlag

Mit Vignetten von Hans-Eberhard Ernst

ISBN 978-3-359-02304-3

Umschlaggestaltung: Verlag unter Verwendung
einer Zeichnung von Hans-Eberhard Ernst
Druck und Bindung: L.E.G.O. S.p.A., Vicenza, Italy

Ein Verlagsverzeichnis schicken wir Ihnen gern:
Eulenspiegel · Das Neue Berlin Verlagsgesellschaft mbH & Co. KG
Neue Grünstr. 18, 10179 Berlin
Tel. 01805/30 99 99
(0,14 €/Min., Mobil max. 0,42 €/Min.)

Die Bücher des Eulenspiegel Verlages erscheinen
in der Eulenspiegel Verlagsgruppe.

www.eulenspiegel-verlag.de

INHALT

Blutrot sind die Wälder

Kommet, Verbrecher, ihr Männer und Fraun

VORBEMERKUNG

Es war eine Mutter, die hatte vier Kinder,
den Frühling, den Sommer, den Herbst und den Winter.
Der Frühling bringt Rauschgift,
der Sommer Betrug.
Der Herbst bringt den Einbruch
Und der Winter den Vollzug.

(nach einem alten Kinderlied)

Was Sie gleich lesen werden, verehrte Löserinnen und Löser, ist ein unterhaltsamer Kurzlehrgang für Kriminalkommissare. Hier finden Sie spannende – teils lustige, teils gruslige – Verbrechen, die Sie selbst ermitteln dürfen. (Der freundliche Lösungsteil am Ende des Lehrbuchs wird erst aufgeblättert, wenn keinem in der Familie was Gescheites einfällt – klar?)

Ohne Schnörkel und Tabu verraten diese 77 Geschichten alles über die Alltagswelt unserer Bürgerinnen und Bürger Verbrecher. Und ihres gnadenlosen Jägers, des nur mit seinen grauen Zellen bewaffneten Kommissars Gustav Merks. Ihn gibt es, seit ihn der Autor für »Die merkwürdigen Fälle des Hauptmann Merks« erfand, die im Jahr 1980 im Verlag Das Neue Berlin das Licht der Welt erblickten. Inzwischen kennt ganz Deutschland den Kommissar durch die bisher über 600 Rätselkrimis, in denen der gemütliche Sachse mit dem Kugelbauch vertrackte Fälle mit Witz löst – in vielen Zeitungen, besonders aber im »Sachsensonntag«, erscheinen sie wöchentlich. Der Wochenzeitungsleser aber liebt nichts mehr, als dass in solchen Geschichten dasselbe Wetter herrscht, wie eben gerade draußen vor seiner eigenen Tür: eiskalt oder brühheiß, strohtrocken oder regnerisch. Und so sammelte sich diese Auswahl der besten Krimirätsel in dreizehn Jahren an.

Bleibt dem Autor nur noch übrig, Ihnen das zu wünschen, womit sich Gustav Merks im Kampf gegen seine Arbeitgeber, die Ganoven, am stärksten auszeichnet: Humor bei jedem Wetter!

Steffen Mohr

IM MÄRZEN DER BAUER BIS PFINGSTEN SCHLÄGT ZU

1. FRÜHLINGSSCHNEE

Mit Anke und Karolin gab es in der Stadt zwei Stardiven, und das war einfach eine Diva zu viel. Zwar traten die beiden jungen Frauen gemeinsam in einem ständig ausverkauften Brettlprogramm auf. Doch als ruchbar wurde, dass die blonde Anke ihrer Kollegin den Lebenspartner weggeschnappt hatte, tickte die Bombe.

Gerade jetzt stand Anke neben ihrem Auserwählten. Sie bückte sich in den Mercedes, mit dem sie als erste Gäste auf dem ländlichen Parkplatz gelandet waren. Der gutmütige Peter, Herr beider Künstlerinnen und einiger anhängender Musikanten und Tänzer, blickte mit großen blauen Augen in die Nachmittagssonne. Eben belud ihn die Braut mit mindestens sechs Blumensträußen.

»Echtes Verlobungswetter, Schatz«, strahlte Peter.

»Jetzt ist es gerade mal 17 Uhr«, bemerkte Anke kühl. »Bis sieben trudeln die letzten Gäste ein, und dann wird es schon Nacht.«

Während sie neben ihrem Bräutigam auf den romantischen Landgasthof zustakste, meinte sie: »Gott sei Dank kommt mein alter Freund, der Kommissar. Und hoffentlich bleibt Karolin der Party fern.«

Der Weg über den Hof war mit Feldsteinen gepflastert. Der Schnee fiel quasi aus heiterem Himmel. Rasch überzogen die Flocken die weite Fläche des Parkplatzes mit einer dichten Decke.

Es war kurz nach 19 Uhr, als Kommissar Gustav Merks seinen alten Audi neben die anderen Wagen stellte. Vorsichtig, um die für den Anlass frisch geputzten Schuhe nicht zu beschmutzen, balancierte er einen Riesenstrauß und seinen stattlichen Bauch über den Hof.

Drinnen liefen bereits die musikalischen Verlobungsständchen. Als der Kommissar in der Tür erschien, steppte die mollige Karolin zu heißen Pianoklängen über das Parkett. Man konnte über die beiden Künstlerinnen denken, was man wollte – in diesem Augenblick, als die kühle Schönheit neben ihrem Bräutigam still sitzen musste, war Karolin die weitaus bezauberndere Person im Saal. Sie hatte einen witzigen Song über die rosige Zukunft verfasst und verführte damit selbst die anwesenden Brettlkollegen zu Beifallsstürmen. Als sie Anke gelbe Rosen und Peter ein Biedermeiersträußchen mit großer Silberdistel überreichte, beobachtete der Kommissar von der Tür aus die Mienen der drei genau.

›Wenn Blicke Stichwaffen wären‹, dachte Merks. In diesem Moment schob sich Karolin an ihm vorbei nach draußen. Offenbar musste sie zur Toilette.

Anke rief: »Oh, Gustav! Setz dich doch in Ermangelung eines Schwiegervaters an meine Seite!«

Merks gratulierte väterlich, und amüsiert verfolgte er die anschließende Darbietung des Hausballetts. Danach mischte sich eine völlig entspannte Karolin wieder unter die Gäste. Das Buffet wurde eröffnet. In einem günstigen Moment winkte Anke den Kommissar an ihre Seite.

»Denk nicht, dass das, was ich dir anvertraue, bloß Theaterdonner ist. Karolin hat einem der Musiker erzählt, dass sie mich in die Luft sprengen will. Wörtlich! Von einer Autobombe war die Rede. Du hast doch Erfahrung mit so was. Könntest du bitte mal zu unserem Wagen gehen und nachschauen?«

Merks nickte stumm.

Als er schon auf dem Hof war, stand die Braut plötzlich in der Eingangstür und winkte ihn aufgeregt zurück. »Entschuldige. Weißt du denn, welches Fahrzeug unseres ist?«

»Deinen Wagen«, meinte Merks, »finde ich auf Anhieb.« – Weshalb?

NUR DIE KROKUSSE WAREN ZEUGE

Bei Eisen-Lutz in der Gartenlaube lag eine Leiche. Kommissar Gustav Merks hatte die unverwechselbare, markante Stimme des invalidisierten Eisenhändlers am Telefon sofort erkannt. Mit Glas-Peter, seinem ebenfalls im Ruhestand lebenden Grundstücksnachbarn, befand sich der Alte im Dauerstreit. Mal wuchsen die Zweige der Pflaumenbäume von Eisen-Lutz zu weit über den Glas-Zaun, mal rannten Nachbars Hühner quer durch fremde Blumenbeete. Eisen-Lutz aber war als gewalttätig bekannt. Die Hühner von Glas-Peter erlegte er mit der Sense. Diesmal wahrscheinlich auch den ehemaligen Glaser selbst.

Die ganze Woche hatte es Bindfäden geregnet. Dementsprechend war der Zustand der Wege im Gartenverein. Merks ließ sein Fahrzeug vor dem Torschild mit der Aufschrift »Märchenidyll« stehen. Seinen massigen Körper mühsam bewegend, stapfte er durch den Schlamm.

Irgendwie war trotzdem ein Auto bis zum Grundstück von Eisen-Lutz durchgekommen. Es parkte vorm Zaun. Merks erkannte den Nobelschlitten als den Manta von Glas-Peter. Jetzt musste ihm der Eisenhändler ein bisschen mehr erzählen als die drei Sätze am Telefon: »Der Glaser ist bei mich rein inne Laube. Hat mir angegriffen mit ne Waffe. Ich hab ihm mit de Sense 'n Kopp kürzer gemacht. Komm' Se doch ma vorbei, Herr Kommissar.«

In allen Farben des Frühlings leuchteten lieblich die Krokusse auf Eisen-Lutzens Beeten. Dazwischen, auf dem Weg zur Laube, erblickte der Polizist die tiefen Fußstapfen eines Mannes. Vom Manta aus führten sie direkt auf das Gartenhäuschen zu. Merks sah zu, dass er in die Spuren hineintrat, um nicht noch mehr Schlamm an seine Schuhe zu pappen.

Glas-Peter lag auf den Dielen gleich hinter der Tür. Der als

Graf Koks verschriene alte Kleinkapitalist, von dem man sich erzählte, sein Harem erledige alles im Gärtchen, sah im Designeranzug und den frischgewienerten Markenschuhen, auf deren Sohlen noch das Preisschild klebte, auch im Tode noch ganz passabel aus. Mit einer kleinen Ausnahme: Sein blond getöntes Toupet und ein erhebliches Stück Kopfhaut befanden sich einige Schritte von ihrem natürlichen Sitz entfernt in der entgegengesetzten Ecke des Raumes. Blutspritzer bedeckten den Boden. Die Sense von Eisen-Lutz lag neben dem abgetrennten Kopfsegment.

»Ich habe nullkommanischt verändert, Herr Kommissar.« In seiner Pratze schwang der rotgesichtige Choleriker einen schwarzen Taser. »Mit diesem Elektroschocker hat das Schwein mir angegriffen. Latscht rein in meine Hütte, zieht das Ding und will mir betäuben! Nee, da hab ich mir gleich gewehrt. Und die Sense hat, wie Sie sehn, ganze Arbeit geleistet.«

»Und warum halten Sie jetzt den Scorpion 750 in der Hand?« Merks schüttelte ärgerlich den Kopf.

»Es war die reine Notwehr, Herr Kommissar!«

»Glas-Peter ist also direkt aus seinem Wagen in Ihre Laube gestürzt und mit dem Taser auf Sie los?«

»Was'n sonst? Nu machn Se schon Ihre Tatortbildchen.«

»Nicht nötig. Wir müssen bei der Polizei jetzt auch mit Fotomaterial sparen. Außerdem bin ich fest überzeugt, dass sich die Tötung Ihres Gartennachbarn ganz anders abgespielt hat.« –

Wie?

3. SPANNERIN HINTER DER KASTANIE

Dem Schlafzimmerfenster von Oxana Theuerkauf gegenüber steht eine gewaltige Kastanie. Dazwischen liegt die schmale Straße, in der die Autos mal gerade so vorbeikommen. Der alte Baum wurzelt vor dem Jugendstilhaus gegenüber. Darin wohnt im ersten Stock, mit Blick auf Oxanas Schlafzimmer, die Exfrau ihres jetzigen Verlobten. Es ist noch Winter, aber nach dem Kalender hat das Frühjahr schon begonnen.

Der Kommissar mit dem gemütlich gerundeten Bauch und der Stirnglatze, also Gustav Merks, blickt von Frau Theuerkaufs Schlafzimmer auf das im alten Stil renovierte Haus gegenüber. Im ersten Stock sind die Gardinen zugezogen. Doch Oxana, die aufgeregt neben dem Kommissar steht, ist sich völlig sicher, dass sie beide gerade von drüben beobachtet werden. Trotz ihrer sechsundvierzig Lenze ist Oxana noch ein propperes Wesen. Die Erregung färbt ihre Apfelwangen rosé, und der Busen im Versandhauspullover zittert verführerisch.

»Sehen Sie bloß«, flüstert sie, obwohl das Fenster wegen der beißenden Kälte draußen geschlossen ist. »Die Gardine wackelt.«

Frau Theuerkauf hat Anzeige erstattet wegen Belästigung. Alissa Troendle, die mit Oxanas Bräutigam verehelicht war, hatte bösartige Briefe geschrieben, insgesamt drei. Eigentlich ist aus den Schreibmaschinenseiten nicht zu erkennen, wer der Absender ist. Aber nun soll sich der Kommissar doch einmal selbst die Lage vor Ort anschauen! Hinter der Kastanie wohnt diese Schlange, und hat sie nicht die volle Einsicht ins Schlafzimmer?

Kommissar Merks kennt einige Briefstellen bereits auswendig. »Am 17. Juli, einem Sonntag, hast du – einen Tag nach deiner Verlobung mit Bernhard – deinen Zweitlover Robert empfangen. Du hast extra dein grünes Flatterhemdchen angehumbst und bist mit ihm gleich in die Kiste. Dann …« »In der Nacht des 23. Juli«, stand in einem anderen Schreiben, »hast du mit Robert auf dem Teppich Domino gespielt, halbnackt. Natürlich hast du wie immer gewonnen, und er musste sich nach jeder Runde ein Kleidungsstück nach dem anderen ausziehen. Wieder hast du die Gutgläubigkeit deines Bräutigams ausgenutzt, weil er doch sonnabends immer als Security im Tanzcafé helfen muss …« Oder, im dritten Brief: »Das Bücherregal hast du jetzt vom Fenster gerückt, damit ihr Platz habt für die Lottercouch. Wenn Bernhard wüsste, dass er nicht der einzige Mann ist, der darauf mit dir …«

»Was ist an den Vorwürfen denn wahr?«, fragt Gustav Merks.

Oxana senkt den Blick. »Alles«, haucht sie beinah stimmlos. Dann wird sie wieder laut: »Aber wer hat denn ein Interesse daran, meine endlich auf ein ganzes Leben zielende Beziehung mit Bernhard zu zerstören?«

»Nun, der im Brief zitierte Zweitlover vom vergangenen Sommer vielleicht?«

»Robert? Ach, von dem habe ich mich im schönsten Einvernehmen getrennt. Der will mir nichts Böses. Damals, naja, da war ich mit beiden noch in der Testphase. – Lesen Sie doch bloß, Herr Kommissar, wie genau diese gehässige Person meine gesamte Zimmereinrichtung und alle meine Gewohnheiten beschreibt!«

»Wenn es Gewohnheiten sind«, meint Merks freundlich, »kennt sie auch dieser Robert. Außerdem …« Er wirft einen nachdenklichen Blick auf das Haus gegenüber. »Außerdem gibt es einen Beweis dafür, dass Frau Troendle diese Briefe niemals geschrieben haben kann.« –

Welchen?

4. STROBELLI SPRINGT INS LEERE

Hübsche Blumen sandte der Frühling ins Revier – sowie einen kleinen Wanderzirkus, der vor der Stadt sein Zelt aufschlug. Für Andrea Strobelli warben die an allen Ecken hängenden Plakate, für jenen berühmten Hochseilartisten, der die Hauptattraktion war und eigentlich Andreas Strobl hieß. Am Sonnabendnachmittag strömte das unterhaltungshungrige Volk über die Wiese zum glitzernden Tor. Bei dieser ersten Vorstellung sollte es eine Sensation erleben, die keiner sein Leben lang vergessen würde.

Schwungvoll eröffnete eine Dreimannkapelle. Es folgten Tauben- und Hundedressuren, Jonglagen, die schwarz gekleidete Gummifrau Astrid und mehrere von den Zwillingskindern des Direktors erfrischend gespielte Clownsszenen. Wegener, der Direktor, saß hinter dem Schlagzeug, und seine attraktive Ehefrau Astrid demonstrierte im silberweißen Schneeköniginkleid eine Zaubernummer mit Tausenden von der Kuppel herabrieselnden Flocken. Danach spielte das Trio gedämpfter.

Leise wischte Wegener die Besen der Charlestonmaschine, die Posaune hupte geheimnisvoll, der Mann an den Saiteninstrumenten strich eine seufzende Geige. Strobelli war angesagt!

Im goldglitzernden Dress bewegte sich der vom kleinen Familienzirkus engagierte Gast geschmeidig über das in 15 Metern Höhe gespannte Seil. An vier Ecken legten Techniker ihre Hände um die festgezurrten Haltetrassen. Sie warfen Strobelli das Spezialfahrrad und am Ende die seidene Augenbinde hinauf.

Weiterradelnd verband sich der Artist die Augen. So bewegte er sich nun über die halbe Strecke des Seils zur grell beleuchteten Plattform, auf die er steigen, das Tuch abreißen und sich anschließend verbeugen musste. Nur die Besen Wegeners waren zu hören. Sie setzten schlagartig aus – und Strobelli sprang in die Tiefe!

Er war sofort tot.

Als Kommissar Gustav Merks eintraf, hatte die Schutzpolizei das Publikum schon fortgeschickt. Nach den Fotoaufnahmen wurde Strobellis Leiche zur Seite getragen, wo Frau Doktor Schülpe das Einschlagen des Toten in die Kunstlederfolie überwachte.

Im Manegerund standen und hockten die verschreckten Artisten. Das Trio saß auf dem rotweißen Podest bei den Instrumenten. Der Direktor schüttelte betrübt den Kopf: »Unerklärlich, wie ein Akrobat der Weltklasse ins Leere springen kann.«

Unerwartet fuhr ihn seine Frau an: »Tu bloß nicht so! Du hast doch seinen Tod herbeigewünscht – seit Köln! Nie hast du es Andrea verziehen, dass er mit mir eine Nacht lang beim Straßenkarneval war. Alter, ekliger Eifersuchtsbatzen du …«

»Wer kann denn, falls es kein Unfall war, Strobellis Tod verursacht haben?«, fragte Merks.

»Höchstens der Techniker da«, meinte Wegener. »Röhrborn ist ständig besoffen.« Ein schmaler, schüchterner Mann im gelben Overall zuckte zusammen.

»Vielleicht hat Röhrborn die Trasse locker gelassen«, mutmaßte der schlagzeugkundige Direktor.

»Wenn sich Strobelli«, überlegte Merks laut, »die letzte Strecke über das Seil bewegt, zählt er dann die Zentimeter bis zu sicheren Plattform genau ab? Oder was für ein Zeichen erhält er, dass er am Ziel ist?«

Astrid sah ihren Mann an. »Sag ihm, wer das Zeichen gibt, du Scheusal!« –

Wie kam der Artist zu Fall?

5. EIN BESCHATTER WIRD ENTTARNT

Auf die Buchmesse hatte Gustav Merks sowieso gehen wollen. Am Donnerstag noch war er sich nicht ganz schlüssig gewesen. Aber am Freitag gab unverhoffter Besuch den Ausschlag dafür, dass er sich am Wochenende in das geschäftige Treiben rund um die Tausende frisch gedruckter Seiten mischen wollte. Uwe Bräuer, ein alter Freund und Kollege, tauchte im Präsidium auf.

Der kleine, drahtige Mann mit dem pfiffigen Blick hinter der Brille, längst aus dem Polizeidienst ausgeschieden und jetzt in der Wirtschaft tätig, hatte ein Buch geschrieben. Dunkel entsann sich Kommissar Merks, dass es darin um irgendwelche Enthüllungen aus der Polizeiarbeit ging. Bereits voriges Jahr war dem pfiffigen Uwe ein Treffer auf dem Buchmarkt gelungen. »Bis dass der Arzt uns scheidet« hießen seine köstlichen Satiren über Sinn und Unsinn in der Schulmedizin. Keiner war, wie man befürchtet hatte, dem Mann dafür an den Kragen gegangen oder hatte gar eine Beleidigungsklage eingereicht. Wir erfreuen uns schließlich der Meinungsfreiheit, und Uwe war auch nicht so weit gegangen, in Schwesternhauben islamistische Molotowcocktails zu verstecken. Jetzt freilich, da sein Buch »Der Fangschuss und andere mörderische Polizeipannen« vorlag, fühlte er sich bedroht. Auf dem Sessel vor Merks' Schreibtisch schnaufte er: »Ich werde verfolgt, Gustav. Das Dümmste ist, dass ich nicht sicher bin, von wem. Sind es ehemalige Kollegen, die mich beschatten? Oder wollen mir ein paar gekränkte Gangster Angst einjagen? Schließlich habe ich ja ganz schön aus dem Nähkästchen geplaudert.«

Der kleine, blitzgescheite Mann berichtete von einem angeblich Betrunkenen, der ihm auf der dunklen Treppe in einer Kellerkneipe Schläge anbot. Von einem grünen Toyota, der plötzlich scharf vor ihm bremste, als er mit dem Fahrrad unterwegs war. Von seltsamen Klingelputzaktionen an der Haustür. Allerdings benutzten die Verfolger unterschiedliche Tarnungen. Mal war es ein jugendlicher Penner, mal ein alter Suffkopf, mal ein ganz normaler Spaziergänger im Ledermantel mit Hündchen.

»Das Delikt nennt sich Stalking«, nickte der füllige Freund und Kommissar. »Unsere Justiz geht noch zögerlich mit diesem neuen Gesetz um. – Was soll ich für dich tun?«

Bräuer bat ihn, sich am Sonnabend auf der Buchmesse unauffällig in seiner Nähe aufzuhalten. »Vielleicht kriegst du heraus, wer mich da ständig einschüchtern will.« Er schenkte Merks einen Messeausweis.

Freund Uwe hatte an diesem Tag verschiedene Termine: dort ein Interview, da eine Autogrammstunde, hier ein Geschäftstreffen in einem der zahlreichen Cafés. Immer blieb ihm der Kommissar auf den Fersen. In einem der kleinen gläsernen Restaurants schließlich machte ihn etwas stutzig.

Uwe saß an einem hinteren Tisch mit seinem Verleger zusammen. Beide wälzten Terminkalender. Nebenan schwatzten zwei Herren in Nadelstreifenanzügen leise miteinander, wobei der eine zum Anzug weiße Turnschuhe trug. Die einem Dominastudio entsprungene Kellnerin flirtete verschwörerisch mit einem nach roher Gewalt riechenden Menschen und brachte statt des bestellten Pils ein Glas Milch an seinen Tisch.

Der Mann im grauen Pullover am Tisch des Kommissars studierte schweigend den Sportteil der Zeitung. Dass es der Sportteil war, konnte Merks mühelos mitlesen: »30 000 Zuschauer in der ausverkauften Arena sahen ein mäßiges Spiel …« Sein Gegenüber hatte die Seite zur Hälfte geknifft und las den unteren Teil. Mitten im Studium des Sportberichts riss Merks dem Unbekannten die Zeitung vom Gesicht. Er zischte ihn an: »Warum verfolgen Sie Uwe Bräuer?«

Der Typ stammelte. Natürlich war es kein Polizeikollege. In aller Ruhe konnte der Kommissar die Personalien des geltungssüchtigen Amateurspions aufnehmen. –

Was war ihm aufgefallen?

6. STRENGE ERZIEHUNG

Sonnabend ist es, zwischen zwei und drei. Eine friedliche Frühlingsnacht. Noch liegt Ruhe über dem Fabrikgelände, wo da und dort die Nachtschicht läuft. Es sind leise arbeitende Betriebe.

Unter der großen Uhr steckt Paul Schwepps die Stechkarte ein. Kurz darauf begrüßt er in der Pförtnerbaracke seinen Kollegen Peter Pielfürst. »Angenehme Schicht gehabt?« Paul beginnt sich umzuziehen. Peter lässt die schwarze Uniform an. Das Umziehen erledigt er zu Hause. Er wohnt nur fünf Minuten entfernt. Zu Fuß.

»Sorgen privat?«

Peter schüttelt den Kopf. »Nicht direkt.« Hastig schüttet er den Kaffeerest zwischen blonden Schnurrbart und Kinn. »Meine Tochter Claudia … Du weißt ja, sie ist gerade mal sechzehn. Habe ihr erlaubt, die Disko zu besuchen. Aber Punkt zwei bist du zurück, habe ich gesagt. Wenn ich von der Schicht komme, trinken wir einen Kaffee zusammen. Also ich natürlich mein Bier.«

»Ist schon schwer als alleinerziehender Vater«, nickt Paul. »Ja, wenn deine Goldmary noch leben würde … Das pubertäre Pflänzchen könnte die Mutter brauchen.«

Peter Pielfürsts Augen blicken ins Leere. »Manchmal bin ich zu streng zu ihr. Aber jetzt geht das los mit den Jungs. Neulich wollte sie mir einen Kerl vorstellen, den sie erst drei Tage kannte. Hab sie vielleicht zu laut angebrüllt. Der Mistkerl von Hausnachbar hat die Polizei gerufen. Es war, wie jetzt, nach Mitternacht.«

»Ging gut aus?«

»Ging«, sagt Peter. Dann gibt er Paul seine Stechkarte. »Schieb sie um zwei in den Schlitz, ja? Und mir, wenn du Schluss hast, in den Briefkasten. Bis morgen.«

Bis zum Reihenhaus sind es vielleicht tausend Schritte. Peter Pielfürst bewegt sich vorsichtig im Treppenhaus. Die Wanduhr in der Küche zeigt zwei. Peter holt das Köstritzer und setzt Kaffee an. Nach fünf Minuten huscht, noch leiser als er, die Tochter herein.

Claudia ist etwas füllig, etwas außer Atem und riecht nach süßen Cocktails. »Entschuldige, Paps, dass ich zu spät bin! Ein Bus fiel aus.«

»Ach, wegen der fünf Minuten, Goldstück.«

Dankbar schlürft sie den heißen Kaffee. Irgendwie kommt es dann doch wieder zum Krach. Wieder sind es die Jungs. Das naive Kind plaudert einfach zu viel. Und er wacht eifersüchtig über die von ihm angenommene Unschuld. Auf einmal steht die Polizei vor der Tür.

»Ihr Nachbar«, sagt der gemütliche Beamte mit dem Kugelbauch, »hat eine Kindesmisshandlung angezeigt.«

Sie lassen den Kommissar, der sich als Gustav Merks vorstellt, herein. Der stellt ein paar Fragen. Zum Beispiel die: »Wann verließen Sie das Werkgelände? Es gibt da eine Uhr über dem Eingang.«

»Wie immer Punkt zwei. Naja, es kann auch paar Minuten früher gewesen sein …«

Als Merks sieht, dass hier alles in bester Ordnung ist, nimmt er im Flur noch mal Claudia zur Seite. »Hast Schwein gehabt«, flüstert er, ohne dass der Vater in der Küche das hören kann. »Denn tatsächlich warst du erst fünf nach drei zu Hause.« –

Wie konnte er das behaupten?

7. DIE LIEBES-NÜTZLICHE UHR

Jetzt, nach Beginn der Sommerzeit, da die Zeitmesser alle eine Stunde vorgestellt wurden, waren nicht wenige Menschen irritiert. So auch Klein Richard, der Neffe von Kommissar Merks, den in diesem Frühling die große Liebe erwischte.

Manchmal, wenn der blondschöpfige Richard den Onkel besuchte, dachte der: ›Was war das mal für ein Hosenscheißer, der Sohn meiner Schwester. Und jetzt ist aus ihm fast ein Mann geworden. Kriminalist will der später werden, ha! Na, man wird sehen …‹ Letzten Sonnabend tischte der Junge ihm eine Geschichte auf, die Gustav Merks für die Erfindung eines fantasievollen Gehirns gehalten hätte, wäre da nicht Sophie mitgekommen, die große Eroberung des jungen Kavaliers.

Zu dritt saßen sie beim Kaffee, und Klein Richard erzählte: »Sophie und ich kennen uns schon drei Wochen. Und zusammengebracht hat uns die alte Armbanduhr, die du mir zu Ostern geschenkt hast. Ich war ja so scharf auf das Teil, weil das Metallarmband mal eine Kugel aufgehalten hat, die so'n Gangster auf dich feuerte. Also das ging so …«

Er plauderte und plauderte. Sophie, das Milchgesicht, strahlte dazu mit meergrünen Augen.

Der Junge hatte in einem ihm wenig vertrauten Stadtteil einen Kumpel besucht. Einige Tage zuvor waren die Uhren auf Sommerzeit umgestellt worden. Er wusste nicht genau, wie spät es war, hätte es aber gern gewusst, als ihm plötzlich Sophie begegnete. Das Mädchen kam mit dem Geigenkasten aus einem Mietshaus, und ihm war sofort klar: Die oder keine! Sie wandte sich an der Tür noch einmal um. Einer älteren Dame, die aus dem Fenster herabsah, rief sie zu: »Bis nächste Woche zur gleichen Zeit!« Dann rannte sie um die Ecke, sprang in eine Bahn und war verschwunden.

»Ich luchste sofort auf die Armbanduhr. Da war die alte Zwiebel stehengeblieben! Nächste Woche, dachte ich, kannst du sie wiedersehen – doch wann? Ich wusste nicht, wie spät es war. Nirgendwo, auch nicht auf der Hauptstraße, war eine Uhr zu entdecken. Jemanden anzuquatschen schien mir zu blöd. Ich griff mir also die nächste Bimmel, fuhr zu Mutters Hotel. Von der Haltestelle aus musste ich wieder, ich weiß nicht wie lange, laufen. Endlich erblickte ich die große Uhr über der Rezeption. Die zeigte sieben Minuten nach sechs. In diesem Augenblick wusste ich genau, wann ich das unbekannte Mädchen in der nächsten Woche wiedertreffen konnte. – Wie habe ich das hingekriegt? Rate mal, du alter Kripofuchs.«

Gustav Merks überlegte eine kleine Weile. Dann sagte er die Lösung. –

Was tat Klein Richard?

8. ERWACHEN IM FRÜHLING

In der Nacht vor jenem Tag, der auf den Abreißkalendern den Vermerk »Frühlingsanfang« trägt, wurden die weißen Buchstaben angepinselt. Achtzehn gewaltige Blubbs, ein Komma und ein Ausrufezeichen: Sandra, ich liebe dich! Die Schrift zog sich über die Fassade einer Konservenfabrik in Höhe des ersten Obergeschosses hin.

Der Gurkenbude gegenüber lag ein kleines Haus. Oma Jetzke wohnte darin mit der achtzehnjährigen Enkelin Sandra. Früh um sieben rief Konservenfabrikant Beneke an. Acht Uhr erstattete die Oma Anzeige. Punkt neun saß Kommissar Gustav Merks im Speisesaal der Gemüseverwertungsfirma dem spitzbärtigen Beneke und Oma Jetzke gegenüber. Sandra vergnügte sich inzwischen bei einer Prüfungsarbeit in der Berufsschule. Es roch nach Essig und Gurken.

Während der Spitzbärtige sachlich blieb, tobte die Oma. Sandra, nach dem Autounfall der Eltern ihr ein und alles, hätte nie was mit einem Jungen gehabt – und dann diese Verleumdung!

»Wieso Verleumdung?«, fragte der rundliche Kommissar freundlich.

»Na, so'n Geklleckse beschmutzt ja die Ehre der Kleinen!«

»Haben Sie einen Verdacht, wer der Maler war?«

O ja, da gäbe es diesen Mischa Fiedler. Der sei so ein Computermensch, um Gottes willen. Sie habe Sandra dabei ertappt, wie die heimlich mit ihm computerte, also Liebesbriefe tippte. Der Kerl sei selber erst neunzehn, und da wollte er doch neulich allen Ernstes bei Sandra übernachten, das Kind hat nämlich ein eigenes Zimmer im Dachgeschoss.

»Ist er Hobbybergsteiger?«, fragte der Konservendirektor dazwischen.

»Wie meinen Sie denn das?«

»Na, weil die Fassade glatt und die Schrift ziemlich hoch angebracht ist.«

»Ein verrückter Sportler ist er auch! Ich glaube, der geht immer zum Hindernisklettern oder wie das heißt.«

Der eigentliche Geschädigte sah alles als ein durch die Versicherung auszugleichendes Ärgernis an. »Ich muss weitermachen im Kontor«, entschuldigte er sich.

Galant beendete der Kommissar die lautstarken Tiraden von Oma Jetzke und fuhr zur Arbeitsstelle des jungen Liebhabers. Der gab rasch zu, bei Sandra übernachtet zu haben, nicht das erste Mal. »Omi ist ziemlich hörgeschädigt«, erklärte er. Den Spruch wollte er nicht gemalt haben. »Dazu«, meinte er, »braucht man doch eine hohe Leiter.«

Es war kein Fall, den Merks unbedingt sofort lösen musste. Für Oma Jetzke jedoch war er das. Tag für Tag machte sie dem – nebenbei gesagt: von vielen Kavalieren umschwärmten – Mädchen die Hölle heiß, bis Sandra kurz entschlossen zu ihrem Mischa zog. Was die Dame natürlich zur nächsten Anzeige trieb.

»Entführung?«, schmunzelte der Kommissar. »Da übertreiben Sie wohl.«

Diesmal aber brachte Oma Jetzke einen Beweis aufs Revier. Die Inhaberin des Haushaltwarengeschäfts am Markt, eine Frau Trojan, hatte ihr die Durchschrift einer Verkaufsrechnung mitgegeben. Darauf stand klar, dass am 20. März eine große, ausziehbare Leiter verkauft wurde.

»Und wissen Sie, an wen?«, fragte sie spitz. »An Mischa! Herta Trojan würde das vor Gericht beschwören!«

»Das ist kein Beweis«, meinte der Kommissar. –

Warum?

9. HONIGSÜSSE MÖRDERBIENE

Die Hände des Mannes in der khakifarbenen Latzhose fuhren hysterisch nach oben, so dass ihm der Strohhut von der Halbglatze flog.

»Schauen Sie bloß mal, wie ich aussehe, Kommissar! Wie ein Streuselkuchen!«

Der Vergleich, den Manfred Jendriszeg für den Zustand seiner Kopfhaut bemühte, war weit untertrieben. Auch Gustav Merks, vor dessen Schreibtisch schon die verunstaltesten Typen gesessen hatten, war ein derart zerstochener Imker noch nie zu Gesicht gekommen. Nach dem Überfall seines Bienenvolkes war er nicht etwa zum Arzt, sondern gleich hierher aufs Präsidium gelaufen. Im Schlepptau hatte der starke Mann die hübsche Imkerin Rosi Fredel mitgebracht. Die saß, weil es keinen weiteren Stuhl gab, auf dem Fußboden, lachte leise in sich hinein und wedelte mit einem Traumfänger. Hübsch war eigentlich kaum zutreffend für ihr verwildertes Haar und den schlabbrigen Patchworkanzug.

»Sie hat mein Volk verhext!«, schrie Jendriszeg.

»Sie beide sind also Wiesennachbarn?«, fragte der Kommissar. »Oder sagt man Stocknachbarn?«

Nein, eigentlich nein, eiferte der cholerische Alte. Denn die Fredel habe ihren Stock erst vor vier Tagen auf eben der Wiese aufgestellt, die seit dem vorigen Jahrhundert sein angestammter Platz sei. Wie nirgendwo wüchsen hier die herrlichsten Kräuter und Blumen, von kräftig blühenden Hecken am Rande eingefasst,

»Nicht mal im eigenen Auto kam sie! Ließ sich von einem Penner vorfahren und ihre Stöcke abstellen und strömte mit ausgestreckter Hand auf mich zu. ›Ich bin die Rosi!‹, quiekte sie. ›Und du?‹ – ›Ich bin der Herr Jendriszeg‹, antwortete ich. Und: ›Parken Sie gefälligst in mindestens 300 Metern Abstand, sonst drehen meine Bienen durch.‹ Das sind die Bestimmungen. Ja, so ging das los. Immerzu versuchte Frau Fredel, den direkten Kontakt zu mir aufzunehmen. Ich blieb hart. In der zweiten Nacht – ich merkte es früh – verstopfte sie die Fluglöcher meines Volkes mit Kaugummi. Ich verwies sie des Platzes. Weil sie kein Auto besaß, bot ich an, sie woandershin zu fahren …!«

»Geschissen und gelogen«, kam es mit süßer Stimme von unten. Er sei ein Schürzenjäger und ihr schon in der ersten Nacht nachgestiegen.

»Ich bin ihr nicht auf zehn Meter nahe gekommen!«, protestierte der Zerstochene. Jetzt roch es Merks genau: ein Geruch ging von ihm aus, ein blumiges Bouquet wie von Maiglöckchen und wilden Erdbeeren. Der Kommissar lief um den Schreibtisch herum und bückte sich nach der abenteuerlich bunten Hängetasche der Frau. Blitzschnell zog er ein grün schimmerndes Flakon aus dem Beutel.

»Ihr Parfüm, Frau Fredel?«

Sie lächelte wieder geheimnisvoll in sich hinein. »Bruno Banani Magic Woman«, las er von der Flasche ab.

»Heute Nacht«, meinte er, »haben Sie diesen Duft bewusst eingesetzt, als Sie Ihren spröden Liebling umarmten. Wissen sie, meine Herrschaften, es ist mir piepegal, wer von Ihnen wen zu einem kleinen Techtelmechtel verführt hat. Sie jedoch, Frau Fredel, verdächtige ich der vorsätzlichen Körperverletzung an Herrn Jendriszeg. Denn als Imkerin wussten Sie genau, dass …« –

Wie vollendete der Kommissar den Satz?

10. EHEMANN UNTER STROM

Manchmal dankte Kommissar Merks dem Schicksal, dass er sein Dasein als Single fristete. Ein verstecktes Lächeln spielte in seinem Gesicht, wenn ihn Strafanzeigen erreichten, die von einem temperamentvollen Eheleben zeugten. Ein Beispiel dafür waren die Weinerts. Verheiratet waren der Schuhmacher und die Krankenschwester schon das siebente Jahr, aber … Nun, vielleicht war es das verflixte siebte Jahr!

Existenzielle Sorgen gab es nicht, auch jedes Jahr eine hübsche Urlaubsreise und immer mal ein neues Möbelchen in der Wohnung. Kinder fehlten. In der Silvesternacht war Ellen auf der Wache erschienen, blutüberströmt. Matti hatte sie mit dem gesamten Handwerkszeug, das greifbar war, beworfen: Ahle, Pfriem und einem klobigen Dreifuß. Die Wunden stellten sich als wenig tiefschürfend heraus, und tags darauf zog sie die Anzeige zurück. Trotzdem ging Kommissar Merks zu einem Ortstermin: Da stand die Küche von Ellen voller Rosen! Als beide sich vor seinen Augen küssten, ging Merks wortlos hinaus.

Diesmal schien der Ehestreit ernsthafter ausgefallen zu sein. Der Laufgips, mit dem Matti zur Anzeige erschien, sprach Bände. Eine knallrote Gehhilfe schwingend, brüllte und jammerte er. Ellen, schrie er, habe ihn auf die Leiter geschickt, weil die Glühbirne im Korridor ihre Seele ausgehaucht hatte. In ihm wäre schon so ein dummes Gefühl gewesen, als er hochstieg mit der neuen Birne in der Hand. Er solle kein dummes Zeug schwatzen, keifte die Gattin, als ob er jemals Gefühle habe!

»Als ich oben schwankte – die Leiter ist zu kurz, wissen Sie –, habe ich die Leuchte rausgedreht und Ellen vorher gebeten, die Sicherung auszuschalten. Was aber macht die? Genau in dem Augenblick, als ich mit feuchten Händen – ich hatte gerade Leder gewaschen, wissen Sie … da schaltet doch diese Mörderin die Sicherung ein, während ich die neue Birne einschraube. Umbringen wollte sie mich!«

»Du hättest dir die Dreckpfoten an der Schürze abwischen können!«, drückte sich Ellen Weinert nicht gerade fein aus. »Wissen Sie, Herr Kommissar, Matti hatte nur sein Fax im Kopf. Von einem Kunden, also diesem Ballettdirektor, erwartete er eine Bestellung über zwanzig Paar Schläppchen. Und da hat er nur daran gedacht. Wie er oben rumhampelt, guckt er immerzu runter auf das Gerät, ob das Fax endlich kommt. Ich hatte den Strom am Sicherungskasten abgeschaltet.«

»Und ich falle durch diesen elektrischen Schlag herab und breche mir das Bein«, jammerte Matti Weinert.

»Wann«, fragte Merks, der sein Schmunzeln kaum verbergen konnte, »kam denn das Fax an?«

»Genau in dem Moment, als er die Birne einschraubte!«, rief die Frau.

»Dann«, meinte der Kommissar, »ist alles klar.« –

Was meinte er damit?

11. TÖDLICHES STILETT

Die Zwillinge Martha und Maria hatten ihr Leben lang als Schwestern in der Chirurgie gearbeitet. Gemeinsam trugen sie den Familiennamen Völkel. Denn in 66 Jahren hatte weder Martha noch Maria den privaten Chefarzt für ein trautes Heim gefunden. Nun blickten sie auf ein zumindest beruflich erfülltes Dasein zurück. Ihre Zusammengehörigkeit stellten beide noch jetzt gern zur Schau, auf Fotografien zum Beispiel, für die sie die gleichen Kleider anzogen. Meist geschah so etwas im Garten des Seniorenparks, wo Maria in einem bescheidenen Appartement residierte. Martha wohnte zur Miete in der Stadt und besuchte die Schwester regelmäßig. Wie es tatsächlich um die treue Beziehung bestellt war, wusste nur der korpulente und langsam selbst in die Jahre kommende Gustav Merks.

Der Seniorenpark lag in unmittelbarer Nachbarschaft seiner Singleparzelle inmitten der grauen Plattenbauten. Oft war er Maria Völkel im Einkaufscenter begegnet. Eines Tages sprach sie ihn an. Um Polizeischutz bat sie den Kommissar.

»Martha will mich nämlich umbringen«, erzählte sie. Von einem Erbteil war die Rede und zwei Besuchen Marthas, nach denen sie vergiftete Pralinen und ein gelockertes Balkongitter entdeckt hatte.

Merks gab ihr seine Karte. »Sie können mich jederzeit anrufen«, sagte er freundlich. Mehr konnte er wegen der Personalsituation der Polizei nicht bieten.

Der Anruf kam am dritten Sonntag vor Ostern, als er beim Nachmittagskaffee saß. Fünf Minuten später erschien er im Altersheim. Im cremeweißen Schlafrock, die Armstulpen mit goldener Borte benäht, öffnete Maria die Tür.

Der Morgenmantel stand der schlanken alten Dame wie ein Festkleid, auch war ihr graues Haar gut frisiert und das Gesicht dezent geschminkt. An den Füßen trug sie Laufsocken aus besonders fester Wolle, auf einer war ein L, auf der anderen ein R eingestickt. Sie bot Merks den gemütlichen Sessel an und nahm selbst auf einem safrangelben Sofa Platz. Alles war in hellen Farben geschmackvoll eingerichtet. Der Kommissar wunderte sich über das silberne Kreuz mit Christuskorpus an der Wand.

»Wussten Sie nicht, dass ich tiefreligiös bin?«, fragte sie und setzte hinzu: »Im Gegensatz zu meiner gottlosen Schwester.«

Merks fiel dazu nichts Besseres ein, als auf ihre Füße zu deuten. »Sie haben die Strümpfe verkehrt angezogen«, stellte er fest. »Also rechts die linke und links die rechte Socke. Pardon, Madame, aber Kriminalisten fällt so etwas auf.«

Unbeeindruckt plauderte sie weiter über Religion. Sie hänge auf geradezu fetischistische Art an ihrer Kirche, so dass sie fünf Schlafröcke besitze, in den fünf liturgischen Farben nämlich: Weiß, Rot, Violett, Grün und Rosa. Diese Hausmäntel trage sie, der Jahreszeit entsprechend, so, wie die Priester in der Kirche die Farbe der Gewänder wechseln. »Man hat eben seine Schrullen im Alter«, seufzte sie. »Mögen Sie einen Cognac?«

»Gern«, meinte Merks, den heute kein Dienst erwartete. Bis sie aus dem Nebenzimmer, offenbar dem Schlafraum, mit der Flasche zurückkam und dann die Cognacschwenker in einem Unterschrank des Wohnzimmers suchte, verging eine Weile.

»Weshalb«, fragte der Kommissar, »haben Sie mich eigentlich hergebeten?«

»Sie ist exitus«, antwortete sie in der direkten Art einer Operationsschwester.

»Wer?«

»Na, meine Schwester. Die liegt von ihrem eigenen Stilett getroffen mit durchschnittener Kehle im Bad.«

Neben der Wanne erblickte Merks eine Frau im Straßenkostüm, die seiner Bekannten wie ein Ei dem anderen ähnelte. Viel Blut war zu sehen und ein chirurgisches Messer auf den Fliesen. »Martha hat mich plötzlich hereingerufen. Angeblich sollte ich ihr die Schuhe zubinden. Doch auf einmal holte sie mit dem Stilett aus. Nun, meine Notwehr funktionierte besser.«

»Die Tote hier heißt Maria«, sagte Merks langsam. »Sie haben nach dem Mord die Hauskleider ihrer Schwester angezogen. Dann riefen Sie mich, um die grässliche Tat zu vertuschen. Dabei begingen Sie aber drei schwere Fehler, Frau Martha Völkel. Ich meine nicht bloß die verkehrt angezogenen Socken und das lange Suchen nach den Gläsern. Ihr gröbster Fehler war …« –

Welchen Fehler nannte der Kommissar?

12. DAS OSTEREI DES KOMMISSARS

Bei seiner Verhaftung am Karfreitag hatte Wolf, der Trickbetrüger, wild um sich geschossen. Ein Geschoss war ins linke Bein von Gustav Merks gefahren, und so lag der Kommissar über Ostern im Krankenhaus. Den umtriebigen Patienten plagte die Langeweile. Schließlich konnte man ja nicht den ganzen Tag Bücher schwarten und fernsehen.

Mit Sabine, der langjährigen Freundin, hatte es Streit gegeben. Merks hatte die fröhliche Kindergärtnerin gewarnt, übers Fest den fünfjährigen Enrico zu sich einzuladen in das Häuschen am Rande der Stadt. Ursprünglich wollte sie dort mit Merks Ostern feiern, wäre da nicht Wolfs Kugel gewesen. Nun war ihr weites Herz dem Kindergartenkind verpflichtet, und da kam sie garantiert nicht ins Krankenhaus. Der Kommissar hatte gemeint: »Deine Fürsorge für ein zu Hause verprügeltes Kind in Ehren, Schatz. Aber selbst wenn der Pascha dieser Siebenkinderkommune sein Einverständnis gab – woher weißt du, dass dir der asoziale Clan keine erfundene Anzeige wegen Kindesmissbrauchs auf den Hals schickt? Nach den Vorwürfen gegen katholische, evangelische und sozialistische Internate bist vielleicht du dran und wirst Unannehmlichkeiten bekommen. Vielleicht besuche ich dich dann zu Ostern im Knast.«

Sabine hatte geantwortet: »Ich entscheide mich für die Kindesliebe.«

Also starrte der an diesem Ostermorgen nervig gelangweilte Kommissar auf die blitzsaubere Tür und erhoffte nichts. Auf einmal klopfte es leise. Richard, der Neffe von Merks, trat ins Zimmer. Den Blondschopf, ein Bengel von fünfzehn Jahren, nannte die Verwandtschaft immer noch Klein Richard, obwohl er inzwischen fast so groß wie der Onkel war. Beide verband ein inniges Verhältnis zur Kriminalistik. Darum stellten sie sich gern gegenseitig Denkaufgaben. Schlaksig stakste der Junge auf das Bett zu, lächelte sein pubertäres Grinsen und schob dabei eine Riesenmasse Kaugummi von einer Mundecke in die andere. Er zog sich einen Stuhl heran.

»Alles öde, hä?«, fragte er.

»Ganz meine Meinung«, bestätigte der Onkel. Pause.

Dann: »Deine Schwester, also meine Mutter, schiebt wie immer Feiertagsdienst im Hotel.«

Merks nickte. Die Gegenwart des Neffen machte ihm das Herz warm.

»Wenn dir jemand«, fragte der Bengel, »von deinem Rechner daheim die Knobelprogramme auf einen Stick laden und in diese Hygienehöhle bringen würde, wär das okay für dich?«

Merks erklärte, dass bisher niemand Zeit fand, in seine Wohnung zu laufen. Aber natürlich würde er sich riesig freuen, wenn er auf einem Krankenhausrechner mit seinem Programm arbeiten könnte! »Sag bloß, du würdest mit Mutters Zweitschlüssel in meine Singlegruft flitzen und mir den Stick holen?« Pause.

Gelangweilt äußerte Klein Richard: »Eben habe ich dir hier ein Osterei versteckt.«

Der Kommissar wunderte sich: »Wann denn? Du kamst rein, hast dich sofort gesetzt, bist nicht im Zimmer herumgelaufen. Ich könnte das Ei ja auch erst suchen, wenn ich wieder aufstehen kann!« Pause.

»Guck nach unten.« Merks beugte sich ächzend unter das Bett. Auf dem Fußboden lag nichts. Nun grinste der Bursche. »Überleg mal, Alter. Was machte ich außer Reinkommen und Hinsetzen noch?«

Da lachte der Kommissar. Er tat einen raschen Griff und hielt gleich darauf den Stick in der Hand. –

Wo fand er sein Osterei?

13. SCHWINDLER IM AUFGALOPP

Die ersten warmen Tage brachten es mit sich, dass die Leute ihre kleinen Feste im Freien feierten. Freunde hatten Gustav Merks zu einer solchen Angrillparty geladen.

»Vergiss mal deine Autoschieber und harten Jungs«, hatten sie dem Kommissar zugeredet. »Die Gastgeberin stellt ihren auf dem Weg einer Partnersuchannonce gefundenen Bräutigam vor. Wir sind gespannt, ob die herzensgute, aber von privaten Pannen verfolgte Witwe endlich ihr Glück gefunden hat.«

Diese Bemerkung gab für Merks den Ausschlag, das Gartenfest zu besuchen. Zwischen den herrlich sprießenden Frühlingspflanzen leuchtete das für eine vierzigjährige Frau auffällig junge Gesicht von Louise Schönburg wie die Königskerze zwischen Gänseblümchen. Ihre Herzlichkeit verschaffte auch dem Kommissar ein warmes Gefühl des Zuhauseseins. Die Steaks wendete ihr Eroberer, ein offenbar ebenso offenherziger Charakter. Zur Jeansweste trug er einen safrangelben Trapperhut. Der störte zwar beim Brutzeln, dennoch setzte er ihn immer wieder auf.

›Ein Mann, der unbedingt einen Hut braucht‹, überlegte der Kommissar. ›Was sagt uns das über sein Innenleben?‹ Doch er wollte keine voreiligen Schlüsse ziehen. Der Mann am Grill unterhielt besonders die Damen gut. Mit strahlendem Blick hing die Gastgeberin an seinen Lippen.

Allüberall, erzählte der als Peer Vorgestellte, begännen ja die Pferderennen, und das sei ein Metier, das ihn nicht bloß begeistere, sondern auch ein hübsches Stänglein Geld einbringe. Letztes Wochenende wäre er beim Aufgalopp gewesen. »Ihr glaubt gar nicht, was für fantasievolle Namen die Pferde tragen: Kalypso King zum Beispiel oder Expensive Girl oder Shoesaregoodforyou – was übersetzt heißt: Schuhe sind gut für dich.«

Mit amüsiertem Lachen quittierten die Zuhörer Peers frisch vorgetragenes Rennfeuilleton.

»Im nächsten Rennen hatte ich auf einen Wallach gesetzt, ein wie Azetatseide glänzender Rappe. Nach seiner Mutter Davidova trug er den klingenden Namen Asdrunkasmisterdavid'ssow. – Wer beherrscht die englische Sprache?«

Der Hinweis auf ein leider nur noch dürftig vorhandenes Schulenglisch war die Antwort. Und die niedliche Louise flüsterte Merks zu: »Er ist so gebildet – nicht wahr?«

Peer übersetzte gern. »Der Wallach also hieß wie eine gängige walisische Redewendung, nämlich: Betrunken wie Mister Davids Sau – oder salopper ausgedrückt: Besoffen wie ein Schwein.« Die Damen kicherten unterdrückt.

»Ich setzte auf Sieg – und Asdrunkasmisterdavid'ssow gewann! Allerdings war das Tier leicht favorisiert, und so gewann ich bloß einhundertelf Euro zu meinen gesetzten zehn.«

Amüsant pladderte der Nachmittag hin. Peer Hutträger war ein bezaubernder Erzähler.

Als die Papierlaternen an den Ästen glühten und die glücklich Verlobte in den hinteren Garten ging, die Tulpen zu gießen, trat der Kommissar neben sie. »Ich will in Ihren Heiratswunsch nicht hineinreden, liebe Frau«, sagte er. »Aber ich glaube, Ihr Verehrer ist ein Schwindler. Bei der Schilderung des Pferdchens, auf das er ein paar Euro gewonnen haben will, sind ihm drei haarsträubende Fehler unterlaufen, für die ihn ein Turffreund sofort vom Platz jagen würde ...« –

Welche Fehler?

14. SCHUSS VOM BALLON

Pfingsten, das liebliche Fest, war gekommen, wie Altmeister Goethe es treffend in seiner Verserzählung ausdrückt. Gustav Merks hatte frei und seine über lange Dienstwochen hinweg von ihm getrennte Freundin, die vitale Kindergärtnerin Sabine, auf einen Ausflug in die Berge mitgenommen. Bei herrlichem Sonnenschein bot es sich an, die langjährige Freizeitgefährtin auf einen Hubschrauberausflug einzuladen. Ein einheimisches Privatunternehmen offerierte Kurzflüge über die zauberhafte Landschaft, ein einheimischer Pilot lenkte die Hornisse.

Schon beim Einsteigen witterte der Kommissar etwas an dem Mann, was ihm vertraut vorkam. Nie im Leben hatte er den kräftigen, rothaarigen Schwaben gesehen, und dennoch schien er ihn in- und auswendig zu kennen. Die Art, wie er seine Erklärungen vorbrachte, die Körperbewegungen, alles deutete auf einen Kollegen.

Nach dem Ausstieg stand nicht gerade viel neue Kundschaft herum. So lud Merks den Mann ein, mit ihnen im Wiesenrestaurant einen Kaffee zu trinken.

»Sie sind – oder Sie waren – Polizist, stimmt's?«, verkürzte Merks die Zeremonie des Kennenlernens direkt. »Wenn Sie's aber noch sind, dann frage ich mich, ob es in diesem Bundesland üblich ist, im besten Saft stehende Beamte an den Feiertagen für private Erlebnistouren zu verheizen. Zu wenig Gehalt, wie bei uns zu Hause? Sind sie kein Polizist mehr, so erzählen Sie mir doch bitte, warum. Ich heiße Gustav, bin Kommissar. Und Sabine ist verschwiegen.«

Dass der Mann seine Geschichte nach einigem Zögern doch erzählte, hatte möglicherweise gute Folgen für sein Leben. Also, Leberecht Erlecke, wie der beurlaubte Polizeimeister hieß, war ein bestens ausgebildeter und immer fleißiger, einsatzfreudiger

Mann gewesen. Jetzt hatte man ihn aus dem Dienst geschmissen. Vor mehreren Wochen war er einen riskanten Einsatz gefahren. Die Täter hatten bei einem Überfall auf eine Waffenfabrik Schusswaffen und Munition geraubt. Bei ihrer Flucht auf zwei Motorrädern tauchten sie plötzlich im Gewühl eines großen Volksfestes unter, genau gesagt einer Ballon Fiesta.

»So etwas habt ihr hier gefeiert? Ihr Glücklichen!«, plauzte Sabine heraus. »Bei uns hat die vergeizte Stadtregierung das Fest glatt gestrichen …«

Nun, Leberecht war bei der Täterjagd in einen der Ballons gestiegen. Von oben erkannte er eins der Fluchtmotorräder. Dessen Fahrer aber hielt trotz mehrmaliger Zurufe nicht an. Leberecht hatte geschossen und damit einen der Täter ins Jenseits befördert. Dass dieser eine Gefahr für die übrige Menschheit dargestellt hatte, spielte nachher keine Rolle mehr. Mehrere Zeugen unten behaupteten, der Polizist hätte den Schwerverbrecher vor dem Einsatz der Waffe nicht vorschriftsmäßig gewarnt.

»Dabei«, erzählte Leberecht bitter, »habe ich dreimal gerufen: Halt, Polizei! Ich schieße, wenn Sie nicht sofort stoppen!«

Gustav Merks lächelte mitfühlend. Dann empfahl er dem Kollegen, einen besonders auf Ausbreitung von Schallwellen spezialisierten Gutachter für sein Verfahren heranzuziehen.

»Mach das, dann wird man dich freisprechen.« –

Wieso war sich Merks so sicher?

15. DREI PFINGST-FEIERTAGE

Ja, zu Pfingsten lockte die blühende Natur Kind und Kegel ins Grüne! So war es auch ein Jahr zuvor gewesen …

Nach dem Genuss von vier Tellern Singleeintopf – Wirsing mit Beinscheibe – hatte sich der Kommissar zum Nachmittagsschläfchen hingelegt. Zu anstrengend waren die Einsätze vor dem Fest. Im Traum tastete sich Merks durch einen dunklen Gang, an dessen Ende das Geräusch einer Kettensäge ertönte. Plötzlich sprang das Monster von oben herab und richtete die kreischende Waffe auf Merks' Bauch. »Bevor Sie mich töten«, schrie der Kommissar, »überlegen Sie gut, ob Sie zu lebenslänglich noch die Sicherheitsverwahrung riskieren, Sie Scheusal!« Ein gellendes Lachen war die Antwort …

Jäh wachte Merks auf. Vor ihm stand Neffe Klein Richard, der als Einziger einen Zweitschlüssel zur Wohnung besaß. »Habe zu viel Wirsing gemampft«, brummte der Onkel verlegen.

»Das Wort ›Scheusal‹ fällt unter das Delikt Beleidigung, Paragraf 185 und folgende«, lachte der Blondschopf. »Es wird mit Freiheitsentzug bis zu einem Jahr bestraft.«

»Was ist das für ein Geräusch da draußen?«

»Der Hausmeister mäht den Rasen. Paragraf 125, Landfriedensbruch, Freiheitsstrafe bis zehn Jahre.« Der aufgeweckte Gymnasiast wollte später einmal Jura studieren. »Roll dich hoch, Onkelchen! Unten warten die Fahrräder.« Über Pfingsten hatte Richards Mutter Hoteldienst. Während der dicke Alte und der hoch aufgeschossene Junge durch den Auenwald strampelten, zitierte der Schüler, was er neulich für den Deutschunterricht gelernt hatte: »Pfingsten, das liebliche Fest, war gekommen; es grünten und blühten / Feld und Wald; auf Hügeln und Höhn, in Büschen und Hecken / übten ein fröhliches Lied die neuermunterten Vögel; / jede Wiese sprosste von Blumen … Na, von wem, Onkel?«

»Vielleicht vom gleichen Dichter, der den Osterspaziergang schrieb, du Schlaumeier?« Sie lächelten in sich hinein und blickten in die Runde, und die Natur zeigte sich ihnen so, wie sie Goethe treffend beschrieben hatte.

Als sie im Dorfgasthof einkehrten, hätte es beinahe einen Kriminalfall gegeben.

Während sie kamen, verließ eine Trauergesellschaft das Haus. Nach längerem Geschirrklappern trat endlich die Wirtin in die so gut wie leere Gaststube – ein Bild von einer schön gebliebenen, reifen Frau, die, wie sich bald beim Erzählen ergab, die Witwe des Verstorbenen war. Eigentlich wollte sie nach der Abreise der Erbschleicher das Haus schließen. Als sie mit kokettem Hüftschwung ging, Kaffee und Kuchen zu holen, flüsterte Merks zum Neffen: »Was wäre Mannes Wonne, sein Trost auf Erden hier, wenn nicht ein süßes Mägdlein, ein Weib voll stolzer Zier? – Woher stammt das?«

»Na, aus der Pfingstlovestory im Nibelungenlied, wo sich Siegfried und Kriemhild ineinander verknallen.«

Zum Kaffeegedeck brachte die Wirtin ein altes Notenblatt mit. »Das hier, Herr Kommissar, hat einmal ein stockbetrunkener Organist meinem Mann zur Bezahlung gegeben. Es soll das Original einer Pfingstkantate von Johann Sebastian Bach sein. ›Erschallet, ihr Lieder, erklinget, ihr Saiten!‹«, las sie die krakelige Überschrift vor. Neben der stand: Komponieret für die drei Pfingsttage anno 1714.

»Drei Pfingstfeiertage – dass ich nicht lache! Meinen Sie nicht auch, dass es sich um eine plumpe Fälschung handelt? Ich werde diese Seite und die restlichen, die hinten in der Küche liegen, wegwerfen.«

Ratlos blickte der Neffe. Lächelnd erklärte der Kommissar: »Es wäre eine schwere Sachbeschädigung nach Paragraf 303. Wenn Sie wollen, lasse ich die Blätter prüfen. Ihre Echtheit sollten Sie nicht von vornherein infrage stellen. Zu Bachs Zeit feierte man …« –

Wie beendete der Kommissar den Satz?

16. CHRISTINCHEN UND RÖSCHEN (TOT)

Computer und Überschallflugzeuge bestimmten das Bild der Welt. Eine Minute brauchte der in Deutschland erzeugte Strom, bis er die Lampe einer Ewenkenhütte im sibirischen Eis zum Leuchten brachte. Dessen war sich der Kommissar in seinen mit allen kriminaltechnischen Raffinessen ausgerüsteten Arbeitsräumen bewusst. Er nahm diese Tatsachen, wie jeder moderne Mensch, als Selbstverständlichkeit.

Umso mehr wunderte er sich immer wieder, mit welcher Primitivität Morde verübt wurden. Geradezu ohne Verstand handelten manche Gewaltverbrecher. Sie meinten, Kripo und Staatsanwaltschaft würden ihnen jede, auch allen einfachen technischen Gesetzen widersprechende Lüge glauben.

Aber werfen wir, wie der kugelbäuchige Kommissar Gustav Merks jetzt gerade auch, den Blick auf eine sonnenbeschienene ländliche Gegend. Mittagsstunde. Weithin leuchten die gelben Rapsfelder. Merks steht an einer Kreuzung zweier staubiger Landstraßen. Aus dem nahegelegenen Dorf ist ein Trecker gekommen. Sein Anhänger, hoch beladen mit Heu, liegt umgekippt in der Kreuzungsmitte. Der Treckerfahrer – fluchend und spuckend steht er am Rand – hat angeblich einem LKW die Vorfahrt genommen. So ein altmodischer Lastkraftwagen mit Ladefläche ist das, und Christinchen hat am Lenkrad gesessen.

Christinchen ist eine aschblonde Fünfundvierzigerin, die einen Biohof im Nachbarort bewirtschaftet, gemeinsam mit ihrer Schwester Röschen. Männer gibt's keine auf dem Hof. Ab sofort wird es auch bloß *eine* Biobäuerin geben. Denn das schneewittchenhaarige Röschen liegt dicht hinter dem LKW auf der Straße. Sie ist die Jüngere, erst dreiundvierzig, und wird nun nicht mehr älter werden. Getrocknetes Blut grindelt auf ihrem Hinterköpfchen. Leute sind zusammengelaufen. Alle kennen Christinchen und Röschen und die Privatgeschichte der beiden. Ein Mann, ein Städter, der im Augenblick nicht da ist, hatte Röschens Herz erobert. Was Christinchen in Angst um den gemeinsamen Besitz versetzte. Man munkelte von Christinchens Mordversuchen an dem Liebhaber – angesägte Leiter beim Fensterln und irgendeine Geschichte mit vergiftetem Hefeweizen. Nun, wie jeder sieht, haben sich Christinchens Sorgen von selber erledigt.

»Wie ist der Unfall passiert?«, fragt der Kommissar. Er stellt seine Frage erst an die schon anwesende Polizeistreife. Befragt dann Moni Schülpe, die Leichenschauärztin. Schließlich nimmt er sich den Treckerfahrer und Christinchen vor. Denn natürlich ist es eine Schädelverletzung, an der Röschen verstorben ist. Doch kam sie wirklich durch den Sturz vom Wagen zustande?

Auf dem Ladekasten liegen durcheinandergepurzelt Säcke mit Biogemüse, eine Waage, Schaufeln. C. und R. sind auf dem Weg zum Stadtmarkt gewesen. R. soll während der Fahrt, auf der Ladefläche stehend, Gemüse in kleine Säcke portioniert haben. Christinchen gestikuliert mit den im Gegensatz zu ihrem blanken Sonnenscheingesicht rissigen, groben Händen. »Ich habe gesagt: Lass das Schaufeln während der Fahrt! Und dann musste ich wegen dem Deppen da …«, sie zeigt auf den abfällig spuckenden Treckerfahrer, »… musste ich wegen dem da eine Vollbremsung machen! Da ist mein Röschen hinten runtergefallen.«

»Wie schnell sind Sie gefahren?«

»Ach, was erlaubt ist natürlich, so sechzig vielleicht.«

Kommissar Merks wirft einen freundlichen Blick auf die Gerichtsmedizinerin. »Ich will nicht dem Ergebnis der Obduktion vorgreifen. Das wird uns sicher den letzten Beweis erbringen, dass Sie Ihre Schwester bereits als Leiche durch diese herrliche Landschaft spazieren gefahren haben. Der Treckerfahrer – falls Sie nicht gar mit ihm unter einer Decke stecken – kam Ihnen da gerade recht … Sie begleiten mich jetzt aufs Präsidium. Denn die technischen Vorgänge beim Autofahren sprechen eindeutig gegen Ihre Märchen.« – Was fiel Gustav Merks auf?

17. »HTTP://WWW.KLAUFIX.DE«

»Da sage noch einer, die heutige Jugend wäre ein Nullbockhaufen und habe keine eigenen Ideen. Wer solche Parolen heraushaut, den möchte ich am liebsten persönlich ins Friedemann-Berger-Gymnasium führen.« So ungefähr hatte sich Kommissar Gustav Merks noch vor vier Wochen über das fröhliche Freizeitleben jener Schule geäußert, die nach einem der vielseitigsten Dichter der Neuzeit benannt war. Jetzt lagen die Anzeigen wegen massiver Taschendiebstähle auf dem Tisch.

Immer häufiger verschwanden aus Schülertaschen CDs und Schreibmappen, besonders oft auch Mobiltelefone. Merks war aufgefallen, dass diese kleinen Verbrechen überwiegend in der Freizeit geschahen – also dann, wenn sich die kreative Elite der Gymnasiasten versammelte. »Versammeln« war vielleicht das falsche Wort. Denn wer sich in den Interessengruppen traf, verfolgte ganz unterschiedliche Ideale.

Da gab es die stark von Mädchen besetzte Gruppe, die eine Ballettperformance mit Fotocollagen vorbereitete. Unter den jungen Bootsbauern, die ein fast historisches Wrack für eine Ferientour flottmachten, befand sich dagegen nur eine einzige Schülerin, Ilonka Schlett. Sie war jene Sechzehnjährige, die bald besonders ins Licht der Ermittlungen rückte.

Und es gab den ausschließlich von Jungen besuchten Computerclub mit seiner verrückten Website »HYPERLINK http//www.findelfix.de«. Die besonders für Leute mit schmalem Geldbeutel attraktive Seite funktionierte nach einer einfachen, ja, vielleicht genialen Idee. Jeder, der einen verlorenen, auf den Müll geworfenen oder sonstwie besitzerlosen Gegenstand gefunden hatte, konnte ihn nach einer vorgeschriebenen Wartezeit von vier Wochen im Netz anbieten. Das Findegut musste genau beschrieben werden, so dass es auch der aufmerksame ehemalige Besitzer zurückerlangen konnte, selbstverständlich fast kostenlos. So traten die jungen Betreiber der Seite in eine originelle Konkurrenz zum Fundbüro.

Klar schien jedoch inzwischen, dass die Findelfixe allerhand Dinge besorgen mussten, die nicht per Zufall entdeckt worden waren. Deshalb nannten die Gegner des Computerclubs die Seite längst »HYPERLINK http//www.klaufix.de«.

Am Sonnabend war der flotten Bootsbauerin Ilonka Schlett das nagelneue Handy abhanden gekommen. Sie wusste noch genau, wo und wann es passiert war, nämlich auf der Probefahrt des reparierten Schiffchens auf dem Stausee. Bindfäden hatte es geregnet von früh bis abends. Mit dem Handy war sie ins Boot gestiegen. Sie bemerkte den Verlust aber erst am Abend. Schon in der nächsten Woche tauchte das Gerät im Angebot der Findelfixseite auf. Beinahe problemlos erhielt das Mädchen ihr Telefon von den Computerfreaks zurück. Beinahe – denn immerhin musste sie zwanzig Euro Gebühren bezahlen.

Auch Thomas Jetzke hatte an jedem verregneten Samstag im Boot gesessen. Der coole Schlacks gehörte zur Riege der Websitetüftler.

In diesem Augenblick saß er mit dem unschuldigsten Lächeln der Welt dem Kriminalpolizisten gegenüber.

»Wie kam der Club an das Handy heran?«, fragte Gustav Merks.

»Ich selbst habe es entdeckt.« Jetzke lächelte gelassen. »Als Ilonka und einige andere längst nach Hause gegangen waren – das war so nachmittags um zwei rum – bin ich mit Matthias Fischer noch mal auf den See raus. Da sahen wir unten auf dem Grund was blitzen. Ich tauchte und brachte das Handy hoch.«

»Mit deinem Kumpel Matthias hast du dich sicher abgestimmt«, meinte der Kommissar. »Es lohnt sich also kaum, ihn zu befragen. Aber es gibt einen Umstand, der klar darauf hinweist, dass du Ilonka das Telefon gestohlen hast.« –

Was meinte Merks?

TRARIRA! DER SOMMERMORD IST DA!

18. DER GERETTETE AUSFLUG

»Sei froh, dass du keinen Lehrer zum Vater hast«, stöhnte Hannes. Der kringellockige Klassenfreund von Richard zupfte nervös an der Fahrradklingel.

Nachdenklich blinzelte der Neffe von Kommissar Merks in die Wolken, die am letzten Schultag über den Hof des Gymnasiums flogen.

»Gottlob«, sprach er, »habe ich so gut wie keinen Vater. Dafür aber einen ausgefuchsten Onkel, der arbeitet bei der Kripo. Sieh zu, dass du von den Alten so viel wie möglich lernst, um sie mit ihren eigenen Waffen aufs Kreuz zu legen. – Hörst du mal auf mit dem Gebimmel? Es nervt.«

»Von meinem Erzeuger Physik lernen? Du hast wohl ’nen Sockenschuss! Der is’ Physiklehrer. Und weißte, was der rumgemotzt hat?« Hannes steckte die Hände in den Gürtel und stand stramm wie ein Zinnsoldat. »Wenn du mir in Physik eine schlechtere Note als Gut bringst, fällt die Radtour flach. Dann machst du am Wochenende ’nen Physiktest!«

Richard lachte leise. »Und was steht auf deinem Giftblatt?«

»’ne Drei …«

»Ich hol dich ab mit dem Rad morgen früh«, versprach Richard. »Gemeinsam linken wir deinen Typ locker ab.«

Am folgenden Morgen führte Hannes den Freund in die Küche. »Wo ist dein Vater?«

»Chillt ab mit Mom. Karstadt – Lidl – Aldi – Kultur. Schoppen is’ für die wie Strandspaziergänge. Manno, der geile Sonnenschein draußen! Aber guck bloß mal auf’n Küchentisch.«

Am Rand des rustikalen Möbels standen zwei klar erkennbare Gegenstände. In der Mitte lag ein undefinierbares grauweißes Häufchen. Die beiden leeren Glasbehälter waren schon deshalb sicher zu identifizieren, weil auf den aufgeklappten Deckelchen

Buchstaben prankten, die ihren ehemaligen Inhalt verrieten: P und S.

»Der Haufen besteht zum Teil aus Pfeffer, zum Teil aus Salz«, resümierte Richard. »Alles durcheinander verquirlt und offenbar den beiden Behältern entnommen.«

»Dazu«, nörgelte Hannes, »gehörte ja wohl nicht viel Kombinationstalent, Herr Kommissar.«

»Na, und was soll das Ganze bedeuten?«

»Das ist mein Physiktest, sagt Vater. Erst wenn ich alle Pfefferkörner von allen Salzkörnern getrennt habe und jede Substanz säuberlich in die Minivasen geschaufelt habe, darf ich aufs Rad. Manno, alter Schwede! Das ist Aschenputtel – Sadismus! Selbst wenn du mir hilfst, geht dabei die Sonne unter …«

Richard schmunzelte. Er schmunzelte wie sein Onkel, der dicke Kommissar, wenn dem die Lösung eines Kriminalfalls einfiel, nur dass sein Lächeln jünger und hübscher aussah. »Observieren wir euren Besteckkasten«, meinte er.

Richard durchsuchte im Küchenbuffet die Lade mit den Messern, Gabeln und Löffeln. »Hier ist die Lösung!«, jauchzte er, während er einen gelben Eierlöffel aus Plaste in die Höhe hielt.

»Was willst du damit?«, staunte Hannes. –

Was tat Richard, der mit der Trennung von Pfeffer und Salz in kurzer Zeit fertig war?

19. VERDÄCHTIGES KÜSSCHEN

Hauptkommissarin Rose Geppard mit dem frechen roten Pony und der tadellosen Figur war sicher eine der attraktivsten Polizistinnen. Trotzdem – und warum, das konnte sich der alte Single Gustav Merks sehr gut vorstellen – fand die alleinerziehende Superfrau für sich und das Töchterchen nicht den richtigen Mann. Finden verbindet sich meist mit Suchen, und dafür ließ ihr der Dienst keine Zeit. Am 6. Juli, dem internationalen Tag des Kusses, wartete sie gemeinsam mit dem korpulenten Kommissar in einer Ecke der Autobahnraststätte auf den silbernen Schwan. Sie durften nicht steif herumsitzen, sondern mussten sich möglichst angeregt unterhalten. Denn wenn der Silberne Schwan ankam, sollte er keinen Verdacht schöpfen. Sein Opfer saß bereits in der Imbisshalle, nicht weit vom Tisch der Kriminalisten entfernt.

Von deren Anwesenheit und der ihr drohenden Gefahr wusste die junge Pkw-Fahrerin mit dem quengeligen Kleinkind noch nichts. Diese Raststätte aber war mindestens dreimal Silberschwans Tatort gewesen. Käme also einer, über dessen Aussehen sie zwar widersprechende Opferaussagen besaßen, ginge aber nach der Methode des dreimal Angezeigten vor, wollten sie ihn auf frischer Tat ergreifen.

So redeten sie übers Wetter und Eintopfrezepte. Schließlich zog Rose ein Foto aus der Handtasche. »Ich habe es beschlagnahmt«, lächelte sie. »Also, ich nahm es Tilo heimlich weg.«

»Wer ist Tilo?« In die Augen der Hauptkommissarin trat ein romantischer Glanz. Unter dem Siegel der Verschwiegenheit gestand sie, dass sie mit Tilo jetzt den Mann fürs Leben gefunden habe. Nachtcafékellner war er, diplomierter Philosoph, doch ging er sagenhaft optimistisch mit seiner zerbrochenen Biografie um. Zärtlich außerdem und kinderlieb und und … »Na, er passt lebenstechnisch einfach zu mir und Xenia.« Zum Foto jedoch, das sie vorgestern Nacht in seinem Anzug fand, stellte Rose ihn sofort zur Rede: Wer die Frau auf dem Bild sei, der er schelmisch ein Küsschen auf die Wange drückte? Das Bild zeigte Tilo neben einem blonden Vamp, der Kellneruniform trug. Beide saßen dicht beieinander auf dem Freisitz eines Lokals. Hinter dem Paar standen zwei Kopfweiden, wie sie an Bächen wachsen, und steckten ihre mit Kätzchenblüten bedeckten Ruten in den Sonnentag.

»Was hat er geantwortet?«, fragte der Kommissar.

»Ach, dass es ein Scherzfoto vom Betriebsausflug der Kellner sei. Diesen Ausflug unternahm Tilo vorletzten Sonntag. Er wisse nicht mal den Namen der mit ihm fotografierten Frau.«

Merks runzelte skeptisch die Knollennase. In diesem Moment erschien der Schwan. Mit der stereotypen Tatmethode, die ihm eigen war, drehte der schlanke, wie ein durchschnittlicher Bürohocker ausschauende Mensch einen wunderhübschen Schwan aus Stanniol, trug ihn zu der Frau mit dem nörgelnden Jungen an den Tisch. Das gelangweilte Kind strahlte, der leibhaftig unter dem Vermerk »Silberner Schwan« Gesuchte blieb sitzen. Er war es, der bereits mehreren Frauen alles, bis zur Heirat, versprochen, aber ihnen immer nur die Tausender aus der Tasche gezogen hatte! Nun stellten sie ihn in flagranti.

Dabei schlug Rose Geppard den Heiratsschwindler, der mit der Rückhand ausgeholt hatte, so heftig zu Boden, dass er sich irgendwas am Bein verzerrte. »Unverhältnismäßigkeit der Einsatzmittel«, brummte Merks. Doch er schmunzelte: »Hast sicher deinen Tilo gemeint …« –

Was konnte an der Rechtfertigung des Kellners nicht stimmen?

20. DREI TOLLE KUMPELS IM SCHULLANDHEIM

Richard, der unmündige Tausendsassa, wurde von der gesamten Verwandtschaft des Kommissars immer noch Klein Richard oder Little Richard genannt. Das zielte auf die Körpergröße, nicht jedoch auf den bewundernswerten Witz des Neffen von Gustav Merks. Denn natürlich wollte der Junge immer noch später einmal, wie sein Onkel, Kriminalkommissar werden. Auch sein erster Brief aus den großen Ferien zeugte von Little Richards Vorliebe für knifflige Denkaufgaben.

Der für den Onkel bestimmte Teil des engbeschriebenen dreiseitigen Opus las sich in braver Kinderhandschrift so:

»Und nun zu Dir, Onkel Gustav. Ich wünsche Dir, dass die Verbrecher auch mal Urlaub machen. Denn wenn die ausgiebig chillen, hast doch auch Du null Probleme. Hier im Schullandheim habe ich gleich in den ersten Tagen drei tolle Kumpels kennengelernt. Zwei sind megaalt und von Beruf Lehrer. Die stellen 'ne Menge mit uns an. Einer aber ist sogar jünger als ich und genauso klein, wollte sagen kurz. Die Kumpels heißen Torsten, Kevin und Holger. Dreimal darfst Du raten, wer der Schüler ist. Kleiner Tipp: Such Dir den modernsten Jungennamen aus.

Noch ein paar Rätsel für Dich, altes Superhirn. Einer der Kumpels hat mehr mit Noten zu tun als jeder andere Lehrer. Was für ein Pädagoge ist er wohl?

Der Vater von dem anderen Kumpel hat einen selten gewordenen Beruf. In diesem Job arbeitet er Tag für Tag immer so lange, bis er schwarz wird. Na, Onkelchen? Kriegst Du das raus?

Jeder meiner neuen Kumpels wohnt in der City in einem Hochhaus. Dort gibt es natürlich Fahrstühle. Aber ein Kumpel – er wohnt übrigens im elften Stock – benutzt seinen Fahrstuhl nur dann durchgehend, wenn er früh zur Schule geht. Wenn er aber heimkommt und niemand außer ihm im Fahrstuhl steht, fährt er nur bis zur sechsten Etage. Anschließend läuft er den Rest die Treppe hoch bis zum elften Stockwerk. Er sagte mir freilich, dass er lieber den Lift benutzen würde. Was denkst Du, woran das liegen könnte?

Zum Schluss noch ein Rätsel, lieber Onkel. Hier im Bergwald gibt es eine Wand, die in allen Sprachen der Welt spricht – Englisch, Russisch, Französisch, Sächsisch und so weiter. Du weißt bestimmt, wie diese Wand heißt. Trainiere Deine grauen Zellen, Onkelchen, und sei ganz fett auf Deine Halbglatze geknutscht von

Deinem Richard.« –

Welche fünf Lösungen erriet der Kommissar?

RAUB UNTERM REGENBOGEN

Der grauhaarige, aber sportlich aussehende Taxifahrer trug einen frischen Verband um den Kopf. »Ehe ich ins Krankenhaus gehe, möchte ich aussagen!«

»Ihr Name?«, fragte der gemütliche Kommissar mit dem Kugelbauch.

»Bernt Logger. Ich wartete am Taxistand vor der Dresdner Bank. Döste bei Sonnenschein vor mich hin. Plötzlich stürzten die zwei Maskierten raus aus der Bank und rein in mein Auto. Mit 'ner Waffe am Hals musste ich sie stadtauswärts fahren. Im Auenwald zogen sie mir eins über die Rübe, schmissen mich raus! – Haben Sie das Pärchen? Und mein Taxi?«

Kommissar Merks warf Hauptkommissarin Geppard einen bedeutungsvollen Blick zu. »Es war also ein Pärchen?« Und er murmelte: »Janni Fleischer und Otti Korbmacher, denke ich mal. Die sind gerade wieder raus aus dem Knast. Ihr Wagen«, sagte er zu Logger, »wurde gefunden. Die zwei haben das Fluchtauto gewechselt. Bis jetzt leider keine Spur.«

Die Bankangestellten gaben das Übliche zu Protokoll. Alles war ganz nach dem Muster geschehen, nach dem Otti und Janni den früheren Überfall fabriziert hatten. Die Beobachtungen der verstörten Bankkunden taugten nichts. Aber es gab einen Opelfahrer, den die Kollegen mit aufs Präsidium geschleppt hatten. Der Mann hatte in der Seitenstraße gestanden und wie ein Verrückter mit den Fäusten auf sein Fahrzeug eingeschlagen.

»Das Aas springt nicht an!«, hatte er gebrüllt. Zwar stritt er die Vermutung, Zeuge des Überfalls zu sein, vehement ab. Trotzdem hatten sie ihn mitgenommen. Jetzt wurde er hereingeführt.

Gustav Merks grinste fröhlich. »Das Trio ist komplett!«, rief er dem bedeppert dastehenden Kerl entgegen. »Der Mirko Daniel, der schon mal der Janni und dem Otti geholfen hat. Setz dich,

Mirko. Warum hast du denn an der Ecke der Bank geparkt? Rein zufällig?«

»Rein zufällig«, beteuerte Daniel mit dem unschuldigsten Blick der Welt, »ist mir der Motor verreckt.«

»Hast du denn was vom Überfall gesehen?«

»Herr Kommissar, ich bitte Sie! Dort, wo vor der Bank auf einmal ein Gerangel war, stand über der Straße doch ein herrlicher Regenbogen. Der war schuld! Ich wollte gerade links einbiegen, guckte aber fasziniert nach oben – ein bisschen sah ich auch, dass die Leute rannten – und schon hatte ich mich verschaltet. So ein Mist, verdammter!«

»Schau an«, bemerkte Rose Geppard lakonisch, »ein Knacki verpasst seinen Einsatz, weil ihn die Romantik eines Regenbogens ablenkt ... Reden Sie Klartext, Herr Daniel. Sie sollten doch als Fluchthelfer fungieren. Waren Otti und Janni ihre Komplizen?«

Der nun folgende Unschuldsblick besaß die Qualität einer vom Engel Gabriel überraschten Jungfrau. »Ich schwöre, dass ich rein zufällig in der Nähe war. Wer die Leute waren, weiß ich auch nicht. Denn die tiefstehende Sonne blendete mich so, dass ich niemanden erkennen konnte.«

»Du hast dich längst verraten«, stellte der Kommissar fest. –

Warum?

22. DER GUTMENSCH BRACHTE DEN TOD

Obwohl es nicht ganz den Vorschriften entsprach, lud Kommissar Merks die Anzeigesteller auf den Rücksitz seines Wagens und fuhr zur Rechtsmedizin. Er hatte praktische Gründe dafür und eine gewisse Ahnung. Es war Sonntag und ein wunderschöner Sommerabend.

Lutz Böll und Tanja Kepler unterhielten sich während der Fahrt leise miteinander. Beide schienen stark betroffen von der Nachricht, die sie auf dem Präsidium erhalten hatten: Gerade war Matthias, der Sohn von Böll, tot in die Rechtsmedizin eingeliefert worden, ertrunken. Dabei waren sie beide – unabhängig voneinander – nur zur Polizei gegangen, um zu melden, dass sie den jungen Videothekbesitzer vermissten.

»Ich wollte Versöhnung stiften zwischen euch beiden«, stöhnte der alte Böll in der gut artikulierenden Sprache des Pastors einer Freikirche, der er war. Tanja Kepler – Merks sah es im Rückspiegel – glitzerten die Tränen in den Augen. »Auch Gutmenschen«, hauchte sie, »können das Schicksal nicht abwenden.«

»Wie Recht du hast«, bestätigte ihr der Freigeistliche. »Es liegt allein in Gottes Hand …«

Aus der Leichenhalle kommend lief ihnen die immer agile, jetzt freilich nicht zu Witzen aufgelegte Frau Doktor Schülpe entgegen.

»Ich gebe Ihnen keine Hand. Nebenan seziere ich Ihren Sohn beziehungsweise Ihren …« Tanja Kepler ergänzte rasch: »… guten Freund.« Und seufzte schwer.

Sie gingen hinein und identifizierten den Toten. Der lag, nur mit einer Badehose bekleidet, da wie schlafend. »Ich hoffe«, sagte die Ärztin, »dass ich das vorläufige Obduktionsergebnis in einer halben Stunde fertig habe.«

Merks bat seine Begleitung über den Flur in die Bibliothek. Er fragte den Vater, wie es zu dem lange nicht vorstellbaren gemeinsamen Wochenende der jungen Leute kam. Denn schließlich betrieb Frau Kepler, wie der Ertrunkene, eine Videothek.

Beide galten als harte Geschäftskonkurrenten und fingen sich im Stadtteil die Kunden weg. Nur wer die kinofrischen Thriller als Erster verlieh, machte Umsatz. Videotheken waren heutzutage wahrhaftig keine Goldgruben, und so schrammten die Ladennachbarn oft knapp am Existenzminimum vorbei.

»Es konnte nicht so weitergehen«, betonte der Pastor. »Also lud ich beide auf mein Wassergrundstück ein und redete vernünftig mit ihnen. Dabei boten wir uns gestern Abend auch das Du an, nicht wahr, Tanja?«

Mit von Tränen verschleiertem Blick nickte die junge Frau.

Da er am Sonntag predigen musste, war er nachts in die Stadt zurückgefahren und ließ das Paar allein. »Denn es hatte sich – o Wunder – begeben, dass die zwei eine tiefe Zuneigung füreinander empfanden …«

An dieser Stelle bekam Tanja Kepler einen Weinkrampf. Stockend berichtete sie vom gemeinsamen Frühstück. Danach war Matthias zum Waldsee gelaufen, um zu schwimmen. Ihr selbst schien das Wasser zu schmutzig. Sie wartete stundenlang, doch er kehrte nicht zurück. Am See war er auch nicht. Da fuhr sie zur Polizei.

Die Ärztin winkte Merks heraus. »Er ist tatsächlich ertrunken. Aber hör mir jetzt gut zu, Gustav. Seine Lunge ist voll klarem Wasser – mit Spuren von Chlor.«

Der Kommissar nickte traurig. Er ging hinüber und fragte die Frau: »Gibt es auf dem Grundstück einen Swimmingpool?«

Ruckartig sprang die Frau auf. Sie streckte ihre zarten Arme vor. »Legen sie mir Handschellen an«, verlangte sie. »Ja, ich habe den Kerl im Pool ersäuft und anschließend in den See geworfen.« –

Was überführte die Täterin?

23. EIN EISKALTES VERBRECHEN

Aus der glühenden Hitze, die seit Wochen über der Stadt lastete, in einen Kühlraum zu kommen, war für Kommissar Merks ein angenehmes Erlebnis. Weniger angenehm war der Anblick, der sich ihm und der ihn begleitenden Person bot. An einem Haken, an dem sonst wohl große Fleischstücke – halbe Schweine vielleicht – hingen, baumelte starr ein blasser junger Mann. Er hatte blondes, akkurat frisiertes Haar, trug Kellnerkleidung, und um seinen Hals hatte sich die Schlinge eines sogenannten Kälberstricks zugezogen.

Der vielleicht Zwanzigjährige schwebte etwa anderthalb Meter über dem Boden. Der war durchgehend mit Wasserpfützen bedeckt. Ein Teil des Wassers war durch ein Abflussloch bereits abgesickert. Merks wunderte sich, dass der baumlange Konditormeister neben ihm zunächst kein Wort über den Erhängten verlor. Wutschnaubend drehte der Graukopf mit dem undefinierbar jungen Gesicht einen Schalter an, der sich hinter der Eingangstür befand.

»Wer hat denn hier die Kühlung abgestellt, verdammt!«, brüllte er. »Meine Skulpturen! Unsere schönen Dekorationen! Alles zerschmolzen!«

Der Kommissar verstand nichts. »Wenn Sie mir bitte eine Erklärung geben würden, Herr Achminski?«

Alexandre Achminski, international bekannter Chef-Patissier der deutschen Regionalmannschaft der Köche und Konditoren, konnte sich nicht sofort beruhigen. Immer wieder musste Kommissar Merks den Redefluss des Dozenten unterbrechen, bis er sich nach und nach ein Bild davon machen konnte, was geschehen war. Im Grand Hotel, in dessen Kellerräumen sie sich gerade befanden, lief derzeit ein Eismeißel-Lehrgang. Etwa zwei Dutzend junge und sehr junge Leute aus dem Hotelgewerbe nahmen daran teil. Quer durch Deutschland waren sie hierher gereist, um die Grundlagen des Eismeißelns zu erlernen. Für das Lehrgangswochenende – es war nämlich Sonntag, und draußen läuteten die Kirchenglocken – wohnten die Lehrgangsteilnehmer im Hotel.

Achminskis Kurs besucht zu haben hieß für junge Kellner und Konditoren, in ihrem Beruf einen besonderen Schliff zu erhalten. Denn bei dem Meister lernten sie, mit Pickel, speziellen Sägen und anderen Werkzeugen die fantastischsten Gebilde aus Eis herzustellen. Solche Schwäne oder Nixen waren der Blickfang vornehmer Büfetts, die in gehobenen Hotels zur Tagesordnung gehörten. – Warum jedoch hing der junge Eiskonditor Botho Billig am Fleischerhaken?

»Das«, unterbrach Merks zum wiederholten Mal den Meister, »gehört ja wohl nicht zu Ihrem Lehrgangsprogramm?«

Nervös zerfurchten die feingliedrigen Hände den grauen Lockenkopf. »Wie das bei solchen Lehrgängen immer wieder geschieht, Kommissar. Sie saufen bis früh an der Bar! Sie verlieben sich! Sie kriegen Streit miteinander! In Bothos Fall weiß ich zum Beispiel genau, dass er Streit bekam mit seinem Rivalen Weißkärrner. Beide Jungs meißelten die superbesten Eisschwäne, die ich je von Anfängern gesehen habe. Außerdem waren sie in die gleiche Frau verknallt, die hübsche Peggy Liebesam, eine einnehmende, aber – wie soll ich mich ausdrücken? – eiskalte Person … Die zwei müssen sich heute Nacht zu einer Art Duell im Kühlraum verabredet haben. Sicher hat Weißkärrner den Botho Billig mit dem Kälberstrick erdrosselt und …«

Der Kommissar fiel dem Maître wieder ins Wort. »Für die Tatsache, dass es kein Selbstmord, zum Beispiel aus verschmähter Liebe, ist, spricht, dass sich im Keller weder ein Hocker noch eine Kiste findet, die der Junge beim Erhängen benutzt haben könnte. Trotzdem halte ich auch einen Selbstmord für möglich.« –

Warum?

24. ZWISCHENFALL AM MITTELMEER

Wieder einmal hatte sich der gemütliche Kommissar Gustav Merks erweichen lassen, mit seinem fast erwachsenen Neffen in die Ferien zu fahren. Klein Richard, wie der kesse Blondschopf noch immer von der Verwandtschaft genannt wurde, verehrte seinen Onkel nun mal abgöttisch und wollte später selbst einmal Kriminalist werden. Wortreich hatte die Mutter ihrem Bruder ins Gewissen geredet, er müsse an die Verwandten und nicht nur an die Kollegen denken, und sie selbst könne in ihrem Hotel nicht einfach blaumachen. So trafen denn der überredete Polizist und sein hellauf begeisterter Neffe am türkischen Mittelmeer ein.

Das Hotel war eine von diesen 0-8-15-Betonschachteln. Aber das nur eine Stunde entfernte Meer und die antiken Ruinen boten allerhand Abwechslung. Bereits am zweiten Abend – sie kehrten gerade erschöpft von einem Basarbummel aus Antalya zurück – gab es in der Hotelhalle Geschrei. Eine reichlich überdrehte Dame, die mit türkischem Gold von Ohr bis Zeh behängt war, beschwerte sich, ihr sei eine Kette aus Weißgold gestohlen worden.

»Ich habe das gute Stück heute früh auf dem kleinen Plastiktisch, der auf dem Zimmerbalkon steht, leider vergessen«, klagte sie. »Schon als ich in den Bus nach Side stieg, fiel es mir wieder ein. Naja, dachte ich, ich habe zugeschlossen, und so kann kein Dieb ins Zimmer. Die Reinigungskraft, die einen zweiten Schlüssel hat, muss mich bestohlen haben.«

Die freundliche Bayan mit dem gewaltigen Leibesumfang lächelte: »Bitte? Was heißt: Reinigungskraft?«

»Gottverbibsch! Ihre Putze!«

»Efendim? Was heißt: Gottverbibsch?«

Klein Richard, der mit seinem Onkel in der Halle einen frisch gepressten Orangensaft schlürfte, flüsterte: »Guck mal, da zofft sich die Weihnachtstanne mit der Wassertonne. – Was meinst du? Lösen wir den Fall?«

Merks wies sich aus und bot seine Hilfe an. Erst einmal beruhigte er die Rezeptionsdame. »Ich kann mir auch schlecht vorstellen, dass Ihre Angestellten den Ruf des Hotels schädigen und damit ihren Arbeitsplatz riskieren.« Dann stiegen sie zu viert in den dritten Stock hoch und besichtigten den Tatort.

Klein Richard entdeckte, dass immer drei Zimmer einen gemeinsamen Balkon besaßen. Der war zwar durch mannshohe glatte Mauern vom Nachbarn getrennt. Aber jemand, der keine Scheu hatte, sich in Fassadenkletterart um die Betonwand herumzuschwingen, hätte kein Problem gehabt, auf den Balkon der Bestohlenen hinüber zu gelangen.

Links von Frau Weihnachtstanne wohnte jemand, der lange das Klopfen nicht hörte. Endlich brüllte eine kräftige Männerstimme: »Es ist offen!« Der glatzköpfige junge Mann lag im Bett vorm Fernseher und entschuldigte sich: »Ich habe mir am ersten Tag das Bein gebrochen. Sie sehen ja den Gips. Ohne Krücken kann ich keinen Schritt gehen.« Tatsächlich: Draußen auf dem Balkon lehnte ein Paar Gehstützen.

Rechts hatte sich ein Pärchen eingemietet, das ebenfalls lange brauchte, bis die junge Frau öffnete. »Wir waren den ganzen Tag auf dem Zimmer«, erklärte sie errötend. »Wir befinden uns nämlich auf Verlobungsreise.« Irgendwelche Ringe trug jedoch weder er noch sie.

Wieder unten in der Halle sagte Klein Richard seinem Onkel, wen er in Verdacht hatte. Merks schmunzelte zustimmend und ließ die türkischen Kollegen rufen. –

Wen nannte Klein Richard?

25. LESEZEICHEN FÜR HARRY POTTER

Eines schönen Sonnabends im August lief der hagere, drahtige Kriminaltechniker Arnold zum Briefkasten, um die Post herauszuholen. Es war nicht sein heimatlicher Briefkasten, sondern ein fremder. Genauer gesagt, es handelte sich um die hübsche gelbe Blechbüchse am Gartenzaun der Witwe Strube, deren tüchtiger Mann, Kommissar Strube, noch allen Kollegen gut im Gedächtnis war. Seit dem Tod ihres Gatten vermietete die Witwe das Ferienhäuschen am Ostseestrand an die alten Kameraden.

Die Sonne lachte, die Steine am nahen Fischerstrand glänzten. Möwengeschrei begleitete die dynamischen Schritte des urlaubenden Hauptmeisters der Kriminalpolizei. Innen im Bungalow klapperte seine freundliche Ehehälfte mit dem Mittagsgeschirr. Arnold zog die Ostseezeitung aus dem Kasten und staunte über den prallen Umschlag, der ebenfalls darin lag. Er erwartete keinen dicken Brief. Außerdem trug der den Stempel des Polizeipräsidiums.

Noch im Gärtchen öffnete Arnold die unverhoffte Post. Sie enthielt die englische Ausgabe des neuen »Harry Potter« – eine Lektüre, die den allzu spillastischen Fantasieausflügen nicht sonderlich zugeneigten Polizeitechniker kaum interessierte. Der beiliegende Brief stammte von seinem Vorgesetzten und alten Freund Kommissar Gustav Merks.

»Ich weiß, dass Du im Urlaub Deine Englischkenntnisse auffrischst«, schrieb Merks in seiner kleinen, Arnold seit Jahrzehnten vertrauten Schrift. »Was wäre also gewinnbringender für Dich, lieber Wolf, als einmal ein einfaches Kinderbuch in englischer Sprache zu schmökern? Aus diesem Grund schicke ich Dir die neue Ausgabe des begehrtesten Kinderbuchs der Welt.

Ach, was ganz Wichtiges! Ich habe bereits das Geschenk für Deinen 56. Geburtstag erstanden. Es handelt sich um zwei Konzertkarten für diesen bekannten Schlagersänger, der genau zu Deinem Wiegenfest im September bei uns im Konzerttempel gastiert. Du weißt doch: Der das singt: ›Mit 66 Jahren, da fängt das Leben an …!‹ Ich schreib Dir das schon jetzt, damit Du mit Deiner Guten zeitig den Konzertbesuch planen kannst.

Damit Du nicht denkst, ich flunkere, lege ich eine der Konzertkarten schon mal – sozusagen als Lesezeichen – in das Buch. Ich stecke das Ticket zwischen Seite 125 und 126. Mit den allerbesten Wünschen

Euer Gustav.«

Arnold brummte. Er gab dem Stumpf des im Vorjahr abgesägten Kirschbaums einen unwilligen Tritt. Aber er schlug das Buch nicht auf, sondern zog das Handy aus der Westentasche.

»Pass mal auf, du alter Schwede«, sagte er zu Gustav Merks. »Hast du uns Karten für Udo Jürgens besorgt – oder nicht? Ich stehe nämlich noch im Strubeschen Garten und würde gern wieder ins Haus gehen, um meine Holde zu überraschen. Aber die versteht, fürchte ich, die Art, wie wir Männer uns veräppeln, nicht. Also – was ist?«

Aus der Ferne klang die Stimme des Kommissars seltsam blechern. »Hast du zwischen den Seiten nachgesehen?«

»Da muss ich nicht nachsehen«, knurrte Arnold.

Merks lachte. »Ich habe Karten für euch. Sie liegen beide vor mir auf dem Tisch.« –

Warum blätterte der Kriminaltechniker gar nicht erst im »Harry Potter«?

26. DER MÖRDER MIT DER DUMMEN AUSREDE

Kübelbach, ein unauffälliger Beamter, vermisste seine Frau. Das heißt: Er vermisste sie nicht wirklich, sondern war eigentlich froh, sie vier Wochen lang nicht gesehen zu haben. Aber ordnungsliebend, wie Kübelbach nun einmal war, meldete er den Verlust seiner Ehehälfte am Abend des zweiten Tages ihrer Abwesenheit der Polizei.

Dem Leiter der Vermisstenabteilung gab Kübelbach zu Protokoll, dass seine Magda »plötzlich« und »aus unerklärlichen Gründen« das Haus verlassen und »ein unbekanntes Ziel im nahen Wäldchen« angesteuert habe. Streit habe es nicht gegeben, und überhaupt habe man, wie die Nachbarn bestätigen könnten, eine harmonische Ehe geführt. Kübelbach wohnte inzwischen bei seiner Geliebten. »Von der hat Magda aber nichts gewusst!«, betonte der besorgte Gatte.

Kübelbachs Wohnung war durchsucht worden, auch der Wald und – mit Tauchern – der ihn durchziehende kleine Kanal. Der nun brachte nach Ablauf von einem Monat etwas zum Vorschein, nämlich die Leiche der Frau. So sah es zumindest am Anfang aus. Aber dann war es die falsche Person, nämlich eine ertrunkene Nichtschwimmerin.

Später sollte es eine andere, überraschende Lösung geben. An einem für die Jahreszeit viel zu kühlen Morgen wurde die Kripo zum Kanal gerufen. Einer Joggerin, die täglich vor Bürobeginn durchs Wäldchen lief, war ein Angler aufgefallen. Der hatte sich unter der Kanalbrücke häuslich niedergelassen – für einen Angler, wie ihr schien, allzu häuslich. Ein Zelt war aufgebaut, Hausrat wurde bewegt, einmal am Reisigfeuer etwas Undefinierbares gebraten, vielleicht ein Fisch.

Als Kommissar Gustav Merks mit seinem treuen Techniker Wolf Arnold am Kanalhang hielt und die Wiese hinunter stapfte, trafen sie auf einen alten Bekannten. Schorsch Kummer, der Mann mit den kräftigen, tätowierten Armen, der da unten die Angelrute schwenkte, hatte elf Jahre wegen Mordes an seiner Verlobten abgesessen. Nun tummelte er sich in einer zweifellos armseligen Freiheit.

In Kummers Zelt fanden die Kriminalisten einen Lederkoffer und in diesem die stark verweste Leiche von Frau Kübelbach. Dass sie es tatsächlich war, bestätigte noch am selben Tag das zahnmedizinische Labor. Im rechtsmedizinischen Befund stand auch, was Merks und Arnold gleich beim ersten Beschauen ins Auge gefallen war: Der Beamtengattin war mit einem stumpfen Gegenstand, einer Zaunlatte vielleicht, der Schädel zertrümmert worden.

Auf dem Präsidium gab Kummer an, wie immer am Ufer geangelt zu haben. Auf einmal sei auf dem durch ein leichtes Hochwasser angestiegenen Kanal der Koffer vorbeigeschwommen. Er hätte einen kräftigen Ast gegriffen und das Treibgut damit an Land bugsiert. Als er jedoch den Inhalt entdeckte, habe er sich, als vorbestrafter Mörder, nicht getraut, Anzeige zu erstatten. Er stellte den Koffer also erst einmal im hinteren Teil seines Zeltes unter. Das alles sei gestern geschehen. Heute, habe er sich überlegt, »wollte ich aber ganz wirklich zur Polizei gehen.«

Kommissar Merks, dem der Ruf eines der besten Verhörspezialisten voranging, bekam in stundenlangen Gesprächen mit dem verschüchterten Kummer heraus, dass er Kübelbach kannte. Er hatte mit ihm, der ebenfalls Hobbyangler war, schon manche unterhaltsame Plauderei über heimische Fische geführt. Steinchen um Steinchen fügte sich das Puzzle zusammen. Am Ende sah alles nach einem geplanten Auftragsmord aus, den Kübelbach schließlich auch zugab. »Ich hätte«, meinte Kommissar Merks danach zu Arnold, »den Kerl gleich bei der ersten Befragung überführen können. Du hast hoffentlich gemerkt, welche dumme Ausrede er uns auftischte, als er den Fund des Koffers beschrieb?« – Was meinte der Kommissar?

27. POST VON DER KLASSENFAHRT

»Kaffee ist fertig! Kakao auch! Kommst du jetzt endlich zu uns an den Tisch?« Die Schwester von Kommissar Merks stampfte mit dem Fuß. Mit unmissverständlicher Geste drohte sie ihrem halbwüchsigen Bengel eine Backpfeife an. Weit hinten in der Gartenecke untersuchte Klein Richard gerade eine tote Schwalbe. »Ich hab's!«, rief er. »Der Täter war Nachbars blöde Katze!«

»Ich habe gesagt«, schrie die aufgebrachte Mutter ins Dickicht der Johannisbeersträucher, »um vier trinken wir Kaffee!«

»Aber die Observation des Tatorts ist noch nicht abgeschlossen!«, schrie der Neffe des Kommissars zurück. »Außerdem ist es erst vier vor vier!«

Der rundliche Polizist schmunzelte. Er mochte den Jungen sehr, und er machte sich Sorgen um die Schwester. »Sei doch froh«, brummte er freundlich, »dass du in all deinem Stress im Hotel mal Zeit gefunden hast für einen gemeinsamen Sonntagskaffee. Lass Richard einfach kommen, wenn er Lust hat.«

Die energisch wirkende Frau goss beiden den Kaffee ein. »Von Kriminalistik verstehst du was, aber von Kindererziehung nichts. – Wenn du nicht sofort antanzt, Richard, schließe ich den Tatortkoffer, den Onkel Gustav dir geschenkt hat, weg!«

Mit feuerrotem Gesicht rannte der Blondschopf herbei.

»Und geh erst mal rein und wasch dir die Hände!«

Richard schnellte die Hand an eine fiktive Polizeimütze. »Null Problemo!«, krächzte er.

»Du kannst dir überhaupt nicht vorstellen, wie schwierig er geworden ist. Er – lügt!«

Merks schüttelte den Kopf. »Glaube ich nicht. Er trickst vielleicht bloß. Gibt dir Krimirätsel auf.«

»Nein«, erklärte das Schwesterchen bestimmt und führte ein Beispiel aus letzter Zeit an, das sie noch immer in Wallung brachte. Richard war für eine Woche mit der Klasse nach Italien gefahren. Alles war wunderbar gewesen. Endlich hatte das Kind mal von anderen Dingen als von Verbrecherjagden geschwärmt. Aber da gab es diese Geschichte mit der Postkarte. Richard hatte fest versprochen, aus Rom eine Karte zu schicken. Die war seit dreieinhalb Wochen nicht eingetroffen, während der Junge behauptete, sie ganz bestimmt geschrieben und in den Briefkasten gesteckt zu haben.

»Hör mal ...«, setzte der Kommissar im freundlichsten Ton der Welt an, als Richard schon zwei Stück Erdbeertorte gegessen hatte. Die Schwester machte sich außer Hörweite im Garten zu schaffen. »Wo hast du die Postkarte eingesteckt?«

»Soll das ein Verhör sein?«, grinste der Kleine. »Gut. In Rom habe ich's vergessen. Dann gab es einen Bushalt in der Schweiz. Der Fahrer musste tanken. Dort habe ich die Karte eingeworfen.«

»Mit einer italienischen Briefmarke drauf – was?«

»Dann wäre sie ja bestimmt nicht befördert worden. Sie muss aber angekommen sein. Mutti hat sie sicher verschusselt. – Mensch Onkel! Du kennst doch deine hektische Schwester!«

»Was für eine Marke war denn drauf?«

»Na eine schweizerische – logo! Habe ich an der Tankstelle extra gekauft.«

»Was stand denn drauf?«

»Wo drauf?«

»Auf der Briefmarke!«

»Da stand in riesengroßen Buchstaben SCHWEIZ drauf. Was sonst?«

Kommissar Merks nahm einen Schluck kalten Kaffee und seufzte tief. »Deine Mutter hat Recht. Du lügst. Aber du schwindelst sehr ungeschickt. Und das sollte ein zukünftiger Kommissar lieber nicht tun.« –

Was erklärte der kriminalistische Onkel seinem vorwitzigen Neffen?

28. VERZWICKTE FAMILIENBANDE

Die Diebinnen erschienen zu dritt. Schon vergangenen Freitagabend waren sie in die Kaufhalle eingeschwärmt. Sie verhielten sich alles andere als leise. In ihrer Sprache riefen sie sich über die Regale hinweg zu, welchen Artikel sie noch brauchten. Mit zwei Einkaufswagen manövrierten sie herum. Irgendwie schafften sie es, mit den übervollen Rollkörben gleichzeitig an einer Kasse einzutreffen. Dann, beim Ausladen aufs Rollband, wurden unter Geschnatter und Lachen mehrere der noch nicht bezahlten Waren in jenen Wagen geschoben, dessen Inhalt schon mit Geldscheinen beglichen war. Viel zu spät hatte die Kassiererin den dreisten Klau bemerkt. Da waren die Drei, die übrigens alle glänzend schwarze lange Haare hatten, mit temperamentvollem Juppheidi bereits auf die Straße entschwunden. Nach Geschäftsschluss fehlten einhundertsechzig Euro und neun Cent in der Kasse. Einen Detektiv beschäftigte die Vorstadtkaufhalle nicht. Also ließ die Kassiererin, als das Trio an diesem Freitag wieder in die Halle rangierte, sofort die Kripo rufen.

Kommissar Merks und sein treuer Hauptmeister Wolf Arnold schoben nun auch einen Wagen durch die Halle. Sie sahen zu, dass sie zur gleichen Zeit wie die Verdächtigen an der Nebenkasse eintrafen. Den zum Schein erstandenen Kasten Köstritzer bezahlte Arnold mit Stirnrunzeln. »Hoffentlich wird der bei uns im Präsidium nicht schlecht. Wann kommen wir denn schon mal zum Feiern?«, unkte der Sparsame.

»Lass stecken«, knurrte Merks. »Dann nehme ich ihn eben mit zu mir nach Hause. – Pass auf! Die schwarzen Jungfern sind gleich dran.«

Nun konnten die Kriminalisten vom Einpackbord aus in Ruhe beobachten, wie die Drei blitzschnell ihr Diebesgut vom einen in den andren Wagen umluden. Arnold hielt sie auf. »Kriminalpolizei! Sie packen kein Stück in Ihre Rucksäcke oder Taschen. Ihre Ausweise bitte. Passporti!«

Die Älteste protestierte in gediegenstem Deutsch. Aber dann zeigte auch sie ihren Pass. Besonders die beiden jungen Frauen hatten wunderbar strahlende, unschuldig blickende Augen.

Der Hauptmeister las laut vor: »Agnes Piontek, geboren am 24.7.1966 in Wroclaw. – Sind Sie das?« Die Älteste nickte. Und den nächsten Ausweis. »Grazina Kalka, geboren am 1.10.1993. Wer ist das?«

Mit betörendem Augenaufschlag hauchte eine der beiden Jüngeren: »Tak. – O, Entschuldigung! Ich meine: Ja!«

»Dann sind Sie also Urszula Kalka, geboren am 11.1.1994. – Halt mal: Kalka und Kalka! Sind Sie beide verwandt?«

»Wir sind alle miteinander verwandt«, erklärte die als Agnes Piontek Ausgewiesene. »Grazina und Urszula sind meine leiblichen Töchter.«

»Und warum tragen Sie dann einen anderen Namen?«

»Ich habe wieder verheiratet. Entschuldigung! Ich meine: geheiratet neuen Mann. Bitte, Herr Wachtmeister, verhaften Sie uns nicht! Wir wollen alles ersetzen, was die kleine Urszula gemaust hat. Sie ist nämlich in Arztbehandlung – wegen Kleptomanie.«

»Soso, nur die Siebzehnjährige hat gestohlen«, schmunzelte Merks. »Sie beide überhaupt nicht? Nicht die achtzehnjährige Schwester? Und Sie natürlich auch nicht, Frau Mutter? Sie wollen also aufs Jugendstrafmaß hinaus. Dass wir ein Auge zudrücken müssen, weil die kleine Urszula noch nicht das strafrechtlich relevante Alter hat, wie?«

Der Kommissar ließ die drei Pässe langsam in seine Jackentasche sinken. »Sie steigen jetzt gemeinsam in unser Auto. Auf dem Präsidium können Sie uns noch einmal Ihre verzwickten Familienverhältnisse erklären.« –

Welche Lüge war Merks aufgefallen?

29. KILLERAFFE

In einem Zoo, dessen Namen wir lieber verschweigen, weil wir keine Verleumdungsklage am Hals haben wollen, wurden die Arbeitsplätze der Tierpfleger drastisch reduziert. Gustav Merks hatte davon gehört und ahnte die eine oder andere kriminelle Handlung voraus.

Jahrzehntelange Erfahrung hatte den Kommissar zwei Dinge gelehrt: Erstens waren Tierpfleger hand- und manchmal auch trinkfeste Burschen. Zweitens gab es neben Schuss- und Stichwaffen, Gift oder stumpfer und scharfer Gewalt auch die biologische Waffe Tier.

Das alles in seinem halb kahlen Schädel erwägend, erschien ihm die Anzeige gegen den Killeraffen zunächst einmal glaubhaft.

Zwei Pfleger, nennen wir sie einmal Max und Heinrich, ein alter und ein junger, waren dem sparsamen Zoodirektor zu viel für einen Abschnitt der Menschenaffenanlage. Einer sollte bis Jahresende eingespart werden. Max und Heinrich wussten das. Erst entstanden Gerüchte, dann ein übertriebener Artikel in der Regenbogenpresse über einen Gorilla, den der Alte angeblich zum Kampfaffen domptiert hatte – nach einer gehässigen Information von Heinrich geschrieben.

Am Ende gab es beim gemeinsamen Dienst, der nach dem Willen des Personalchefs bald ein einsamer werden sollte, zwischen den Streithähnen eine blutige Rangelei. Spätabends, nachdem die Zoobesucher das Gelände verlassen hatten, war Heinrich, wie er jetzt dem Kommissar erklärte, von dem nur Max respektierenden Gorilla angegriffen und beinahe zu Tode gebracht worden. Der, wie Merks roch, heftig angetüdelte Kraftprotz saß pudelnass und mit der Mimik eines fast Gestorbenen vor dem Bürotisch im Präsidium. Blutig die Arbeitsjacke, Kopf und Arme mit Kratzern bedeckt.

»Wir hatten eine Auseinandersetzung unter Männern«, berichtete er. »Plötzlich öffnet Max das Gehege dieses Gorillas, hetzt ihn auf mich. Ich fliehe. Der Affe krallt mich von hinten. In letzter Not springe ich in den Wassergraben, der den Affenfelsen von den Zuschauern trennt. Der Gorilla springt hinterher. Ich schwimme, er mir nach! Nur mit Mühe konnte ich mein Leben retten …«

Lächelnd strich sich der Kommissar über den rundlichen Bauch und fragte: »Kennen Sie die Geschichte von den präparierten Menschenaffen? Sie soll in irgendeinem Zoo passiert sein. Ein Virus raffte alle Primaten weg. Das ließ den Zoodirektor schwindende Besucherzahlen befürchten. Darum zog er die Felle der verstorbenen Affen drei Arbeitslosen über und stellte jene auf der Basis einer Entgeltmaßnahme ein. Ihre Aufgaben, lebendige Affen zu mimen, erfüllten die drei von Tag zu Tag besser. Glücklich, wieder Arbeit zu haben, sprangen sie immer höher. Versehentlich hüpfte einer in das danebenliegende Löwengehege. Wie wild schrie er: ›Friss mich nicht, Löwe! Ich bin ein Mensch!‹ Da knurrte der alte Löwe: ›Nicht so laut, du Affe. Ich bin auch nur ein Arbeitsloser …‹ Sehen Sie«, schloss Gustav Merks seine Erzählung, »das war ein Märchen. Genau so eins, wie Ihres vom Killeraffen. Verschonen Sie mich bitte damit.« –

Warum glaubte Merks dem Tierpfleger nicht?

POSTBOTEN LEBEN GEFÄHRLICH

Idyllisch liegt die kleine Poststelle. Zwischen Berg und tiefem, tiefem Tal. Idyllisch wie Kiefernhain und Mischwäldchen rundum. Wie Sonnenglanz der Morgenfrühe auf gelbem Postfahrrad. Das besteigt gerade der Henri. Den jungen Postzusteller kennt jeder in Zuckelhausen, Waltersdorf, Fuchsberge, Biberloch und Meiselbach. Denn das ist Henris tägliche Postausfahrstrecke.

»Klingling!«, tönt es noch einmal. Es ist neun, und Henri geht auf Tour. Auf die sonnenüberglänzte Vortreppe springt Steffi, die bis jetzt mit ihm die Post sortiert hat. Henri wirft die ins Gesicht hängende blonde Locke zurück. »Ist noch was?«

Steffi streckt ihre Brüste unterm Postkleid stramm. »Ja, wenn du auf der Rückfahrt in Biberloch bei Aldi vorbeikommst, bring mir ein Paket Feinwaschmittel mit. Lore hat angerufen, die haben heute das Zeug zum Sonderpreis von viersechsundneunzig.«

Henri, der schon ein paar Meter gefahren ist, hält an. »Dann gib mir Geld. Hab heute keinen Cent einstecken.«

»Kriegst nicht beim Förster in Fuchsberge zwölfachtundneunzig für das Handbuch des Rosengärtners? Weißt schon: die Nachnahmesendung.«

»Ich misch nicht gern Postalisches mit Privatem, Steffi. Außerdem fahre ich erst nach Biberloch und teile dem Förster in Fuchsberge als Letztem die Post aus.«

Steffi rennt ins Amt und kehrt mit einem Fünferschein zurück. »Da«, sagt sie. »Und treib's nicht mit der schönen Försterin!«

Henri wird puterrot im Gesicht. Er nimmt den Fünfer und macht einen Antritt wie Lance Armstrong beim Einzelfahren in Paris. »Nun halt mal die Luft an!«, ruft er noch über die Schulter zurück. Das wird der letzte Satz sein, den Steffi von Henri hört.

Neben den Wurzeln einer gewaltigen Tanne liegt der Henri. Tot. Das Fahrrad verbogen, weggeschleudert hinter die Tanne.

Spuren von Autoreifen im Sand der Straße zwischen Fuchsberge und Biberloch. Der Unfallfahrer beging Fahrerflucht. Genau drei Stunden und siebenundzwanzig Minuten ist es her, dass Steffi den letzten Satz gehört hat aus Henris Mund. Viel Polizei am abgesperrten Ort. Kriminaltechniker stellen weiße Nummernschildchen auf. Dem Kommissar, den sie mit »Herr Merks« oder »Gustav« anreden, tropft eine Schweißperle von der Halbglatze. Er knurrt: »Das sieht ganz so aus, als ob er den Postler, der ihm auszuweichen versuchte, an die Tanne gequetscht hat.«

Merks betrachtet den neben dem Toten liegenden Tascheninhalt. Die dicke Posttasche ist entleert. Auch aus Jacke und Hose hat man alles herausgezogen und säuberlich auf Folienbeutel gelegt: den Ausweis, zwei gelbe Kugelschreiber, einen leeren Quittungsblock, eine angerissene Rolle Pfefferminzdrops, Tempotaschentücher. Im Postköfferchen keine Briefe mehr. Nur ein Stück Nachnahmegut: Das Handbuch des Rosengärtners. Außerdem ein Päckchen Feinwaschmittel, auf dem rot der Aufdruck klebt: Sonderpreis viersechsundneunzig. Mit übergezogenem Handschuh zählt Merks das Geld, das in Henris Jacke steckt: dreizehn Euro und zwei Cent. Er telefoniert mit der Poststelle. Steffi ist dran. Wer sonst? Sie sind nur zwei im Amt. Sie berichtet: »Henri hat – pardon, hatte! – ein Bratkartoffelverhältnis mit der Försterfrau. Es kann nur der Förster gewesen sein, der ungewöhnlicherweise zu Hause gewesen sein muss, Herr Kommissar. Garantiert hat der ihn mit seinem Landrover gezielt überfahren.«

Merks trifft den Förster daheim an. Die hübsche Frau ist auch da, zitternd, stumm. »Reden Sie mir kein Kind in den Bauch!«, schimpft der Mann. »Der Postbote war heut überhaupt nicht bei uns. Haben Sie nicht selber gesagt, dass die Nachnahmesendung für mich noch in seiner Tasche steckte?«

»Vielleicht haben Sie dem Toten das Buch wieder zugeschoben und die Nachnahmequittung aus dem Block gerissen«, meint Merks. »Aber Sie haben etwas Wichtiges übersehen.« –

Was vergaß der Mörder?

31. RÄUBER UND SCHAMBAMBL

Spontane Entschlüsse, gar eine Hals über Kopf getroffene Entscheidung zum Ausbruch aus der Gesellschaft traute ihm keiner zu. Kommissar Gustav Merks verkörperte die Ruhe an sich. Sein stattlicher Bauch, die vertrauenerweckende Halbglatze und die zart rötlich gesprenkelte Knollennase ließen ihn als einen Polizisten erscheinen, dem Ordnung und Genauigkeit, Geduld und sachliche Erwägungen über alles gingen. Und jedermann staunte, wenn der so gar nicht alte Mann bei der Observation eines verdächtigen Wohnhauses als Erster die Dachrinne ansprang und sie mit solcher Intensität erklomm, dass diese unter seinem Gewicht um den Verlust ihrer geraden Figur fürchten musste.

Von einer Sekunde auf die andere hatte Merks den Ablauf dreier freier Wochentage beschlossen. Er kannte ein idyllisches Waldstück, versteckt im Kieferngehölz gelegen, aber nicht so weit entfernt von der Bundesstraße, dass man es nicht in weniger als zehn Minuten Fußmarsch erreichte. Eine noch einigermaßen stabile Jagdhütte stand dort, und er hoffte, dass man sie noch nicht abgerissen hatte. Nach einer Stunde Fahrt parkte er seinen alten Renault im Gebüsch, warf sich den Campingsack über und stapfte los auf das Ziel seiner Träume. Lieblich klirrten auf dem Rücken die Schwarzbierflaschen gegen eine Bouteille Francois Dubac.

Das Blockhäuschen stand noch. Doch es wohnte jemand darin. Im Licht der untergehenden Sonne, die den Kiefernnadeln einen kupferroten Schimmer verlieh, studierte Merks das unter Fensterläden gespannte beschriftete Laken: »Alternativ geht nie schief.« In diesem Moment trat der Hüttenbewohner heraus: groß, braungebrannt, sehnig, klarer Blick. Und mit einer Halbglatze, die der des Kommissars sehr ähnlich war.

Ohne irgendwie verwundert zu sein, streckte der Waldläufer

Merks die Hand entgegen. »Werner Bernräuber mein Name. Ich vermiete kostenlos eine Gästeliege.«

»Merks, Gustav Merks. Sie wohnen hier schon länger?«

»Seit Ostern. Das aber schon das zweite Jahr. – Auch ausgebrochen aus der Zivilisation? Beamter, will ich mal schätzen, Frust mit dem Job. Frust mit der Frau.«

»Keine Frau. Eigentlich wollte ich allein sein. Aber zu zweit trinken sich Schwarzbier und Rotwein besser.« Es stellte sich heraus, dass Bernräuber ein fahrender Musikant war, der sein Geld recht und schlecht auf Volksfesten verdiente. Mit Bier und Brot bediente er sich in dem nur zwei Kilometer entfernten Supermarkt. Der Polizist überhörte dieses offene Geständnis höflich. Als der Mond aufgegangen war, holte der sympathische Vagabund die Gitarre heraus. Auch Merks sang mit Inbrunst die alten Jugendballaden: Über den Wolken muss die Freiheit grenzenlos sein …

Die Tage waren ungewöhnlich heiß. Bernräuber verließ die Hütte meist stundenlang, um seinen unklaren Geschäften nachzugehen. Am Abend kehrte er zurück, doch ohne bemerkenswerteres Diebesgut als bestenfalls vier Brötchen oder einer Handvoll Waldhimbeeren. Der dritte Tag, ein Mittwoch, war angebrochen.

»Ich muss wieder«, sagte Merks nach dem Frühstück.

»Warten Sie noch ein paar Minuten. Ich hole uns zwei Eis.«

»Haben Sie denn Geld dafür?« Lächelnd warf der Lebenskünstler einen Satz Klimpermünzen von einer Hand in die andere. Plötzlich war er im Wald entschwunden.

Auf einmal war der Wald belebt. Polizisten durchkämmten ihn. Merks konnte sich gelassen ausweisen.

»Es gab nämlich«, erzählte der Einsatzleiter, »einen bewaffneten Überfall im Supermarkt. Die Kasse ist weg.«

In diesem Augenblick erschien Bernräuber mit zwei Eistüten in der Hand, aus denen trotz der Wärme das Eis kaum auf die Waffel tropfte.

»Ich habe noch nicht an meiner geleckt«, keuchte der Waldläufer. »Wollte sozusagen mit voller Tüte auf unseren Abschied anstoßen.«

Die Miene des Einsatzleiters verfinsterte sich. »Das ist der Mann, den uns der Marktleiter genau beschrieben hat. Sie sind verhaftet!«, schrie er Bernräuber an.

»Langsam, Herr Kollege«, beruhigte Merks. »Ich könnte mir gut vorstellen, dass der Supermarktboss für seinen fingierten Überfall einen ihm gut bekannten Kunden beschrieben hat. Mein Freund hier hat den Markt jedenfalls nicht überfallen.« –

Warum war sich der Kommissar völlig sicher?

32. MOBBING GEGEN DIE NEUE

»Du wirst ja mitgekriegt haben, dass die Schule wieder angefangen hat«, erzählte der Junge dem Kommissar. »Und denk bloß, alter Schwede: In der ersten Woche musste ich gleich einen Fall von Schülermobbing klären.«

Kommissar Gustav Merks biss in den Sonntagskuchen, den seine Schwester gebacken hatte. Stolz blickte er auf den Blondschopf, den alle Klein Richard nannten, obwohl er jetzt fast einssechzig groß war.

»Früh übt sich, wer mal Kriminalistik studieren will«, meinte er. »Sicher erzählst du den Fall so, dass ich ihn nachträglich auch lösen kann.«

»Bingo«, bestätigte Klein Richard und begann. Am ersten Schultag war die Neue eingeschwebt. Lise Woytkiewicz hieß sie. Als sie in der ersten Stunde ihren Namen buchstabierte, bildeten sich sofort zwei Parteien im Klassenzimmer. Die einen fanden das leicht übergeschminkte Wesen attraktiv. Die anderen, unter ihnen besonders Julia, die bisher Klassenschönste, hielten sie für einen Assi, zumal Lise aus einem Stadtviertel kam, das nicht den besten Ruf hatte. Von Pause zu Pause schaukelten sich die Animositäten hoch.

Sie erreichten einen Höhepunkt, als der Plan des Klassenbesten in Computertechnik, also des dünnen Hendrik, nicht aufging. Gleich am Montag lud er Lise zum Eisessen ein. Die sagte weder Ja noch Nein, warf ihm aber aus den Kulleraugen vielversprechende Blicke zu.

Während des Geografieblocks am Dienstag ließ sie Hendrik eine stille Post zukommen, darauf stand: »Heute vielleicht?«

Hendrik prahlte mit diesem Zettel vor den Kumpels, worauf sich Lise am Mittwoch vom dicken Anton, einer Computernull, auf dessen Fahrradstange nach Hause bringen ließ. Nun entwarf

Hendrik mit Julia einen neuen Plan, der das Ausschalten der Neuen zum Klassenziel erklärte.

Der Donnerstag begann mit einer Doppelstunde Sport, während der zwei Schüler die Turnhalle für kurze Zeit verließen: Hendrik und Julia. Angeblich mussten beide zur Toilette, und sie verschwanden auch zu unterschiedlichen Zeiten. In der Pause prangte plötzlich ein mit Reißzwecken angepinntes Blatt am Infobrett. In Großbuchstaben stand darauf: LISE IST EINE GHETTOSCHLAMPE.

»Das war echt krass«, befand Klein Richard. Lise weinte, zwei Mädchen trösteten sie, einige lachten. Er selber aber ging auf das Blatt zu und entfernte es – schon, um das Entstehen anderer Fingerabdrücke zu verhüten – von der Holztafel.

»Die Zwecken steckten so tief, dass mir ein Fingernagel abbrach! Gleich am Tatort verlangte ich, dass Hendrik und Julia die Hände vorzeigten. Julia hatte wie immer lange, lila gefärbte Nägel, wobei wir jedes Mal staunen, dass sie mit diesen Krallen beim Ballwerfen trotzdem eine gute Nummer hinlegt. Hendrik biss sich, bevor er seine Hände vorstreckte, noch einmal verlegen auf die ewig abgekauten Fingerkuppen, von denen zwei ziemlich schmutzig waren. Naja, wir hatten eben Sport«, schloss Richard seinen Bericht. Er fügte hinzu: »Die Schultaschen, in denen Lineale oder Rechendreiecke steckten, lagen während des Sportblocks im verschlossenen Zimmer. Auch hatten die Verdächtigen keine Taschenmesser oder Nagelfeilen dabei. Nun, wen konnte ich einwandfrei als Tatperson identifizieren?« –

Gustav Merks schmunzelte und gab die Antwort …

33. EINE TREUE FREUNDIN

Marylin Kallmann, die zierliche, zu Beginn der Haft mehrfarbig frisierte Boutiquenbesitzerin, saß wegen Mordverdacht. Bald drei Monate schon. Regelmäßige Besuche erhielt sie von Kommissar Gustav Merks, der genau wusste, dass sie etwas verschwieg. Außerdem von ihrer besten Freundin Kathleen, ebenfalls mehrfarbig frisiert und Inhaberin einer Modeboutique. Matthias Schaller, Marylins Bräutigam, hatte mit einem Knastbesuch seine Probleme. Dafür schrieb der mit der Schönheit eines Serienstars ausgestattete Mann lange, liebesglühende Briefe. Ansonsten hatte er von früh bis spät mit der Verpachtung von Boutiquen zu tun.

Plötzlich, nach dreiundachtzig Tagen, brach Marylin ihr Schweigen. Frühmorgens, nach einem Besuch der treuen Kathleen, verlangte sie dringend, den Kommissar zu sprechen.

Merks saß bereits auf einem der schlichten Stühle, als die jetzt einfarbig Frisierte hereingeführt wurde. Kaum dass sie saß, stieß sie heraus: »Matthias hat Francis, seinen Konkurrenten, erschossen!«

Der Kommissar sah der zum Reden aufgelegten Madame lange in die vor echter oder gespielter Wut glänzenden Augen. »Warum bezichtigen Sie auf einmal Ihren Verlobten?«

»Weil er mit Kathleen rummacht, während ich hinter Gittern schmore!«

»Schmoren …«, wiederholte Merks. »Das erinnert mich an ein anderes Wort: schmauchen. Man hat Schmauchspuren des Revolvers an Ihrer rechten Hand gefunden.«

»Weil er zum Smoking weiße Handschuhe trug, der Snob! Ich weiß jetzt: Auch das hat er genau kalkuliert! Denn nachdem er Francis niedergeschossen hatte und der am Poolrand zusammensackte, drückte mir Matthias sofort die Waffe in die Hand. ›Halt fest!‹, schrie er. ›Ich muss den Kerl noch ordentlich ins

Wasser schubsen!‹ So ist das gelaufen, und ich habe bisher nur dichtgehalten, weil er mein Verlobter ist.«

»Wir haben am Tatort weder weiße Handschuhe noch die Tatwaffe gefunden.«

Ruckartig beugte sich die junge Frau vor. »Matthias hat die Pistole noch in der gleichen Nacht hinter den Fliesen des Pools eingemauert. Schließlich war da nur die Hälfte Wasser drin.«

»Na, dann machen wir doch einen Spaziergang!«

Vorher zitierte Merks noch den vielbeschäftigten Schaller aufs Anwesen. Ebenso die gute, treue Kathleen.

Viel freundlicher sah der Ereignisort aus, heute im Licht der Vormittagssonne. Die Vöglein zwitscherten in den Hecken des weiten Rasengeländes. Hier hatten in der Tatnacht viele bezwitscherte Gäste herumgestanden. Ein fröhliches Geschäftstreffen der Boutiquenbesitzer war mit dem Mord zu Ende gegangen. Keiner aber war bei der Auseinandersetzung der drei am Pool dabei gewesen, denn im Kaminzimmer lief gerade eine Stripshow.

Zwei Polizisten achteten darauf, dass der leichenblasse Matthias nicht auf seine Braut einschlug. Die Kriminaltechniker lösten vier Fliesen am oberen Poolrand. Zum Vorschein kam eine 45er. Tückisch blank glänzte ihr Lauf in der Sonne. Sie sah aus, wie für die Tat frisch gekauft.

»Es ist die Tatwaffe«, stellten die Techniker nach kurzer Untersuchung fest. Eingehend musterte Gustav Merks die schlecht verkitteten Fliesen, die zu seinen Füßen lagen. Sein Blick wanderte zu der seltsam schweigsamen Kathleen, die in diesem Moment eigentlich ihrem neuen Lover die Hände hätte halten müssen. »Ich glaube«, meinte Merks, »dass jemand anderes – zum Beispiel eine treue Freundin – die Schusswaffe versteckt hat. Und zwar erst vor kurzem.«

»Warum hätte ich das tun sollen?«, kreischte Kathleen auf.

»Weil Sie den begründeten Mordverdacht von Ihrer besten Freundin ablenken wollten.« –

Was für einen Beweis hatte der Kommissar?

34. DER STECKENGEBLIEBENE DAMPFER

Nein, bitte nicht! Dachte Gustav Merks, als er von weitem den Menschenauflauf auf der Brücke erblickte. Auch ein Kriminalkommissar hat das Recht auf ein Privatleben! Dem rundlichen Polizisten waren in den letzten Wochen – als er mit seinem Team den Trittbrettfahrer des Kettensägenmonsters gejagt und eine schreckliche Bluttat verhindert hatte – mehr als drei Kilo vom Fleisch gefallen. Jetzt wünschte er sich nur eins: ein geruhsames Wochenende mit seiner langjährigen Freundin Sabine. Er war mit der vitalen Kindergärtnerin in das lauschige Städtchen am Fluss gefahren. Da spazierten sie über knisternde Herbstblätter Arm in Arm. Nun aber das!

Der Größe der zusammengeströmten Menge nach konnte nur ein Unfall an der Brücke geschehen sein, vielleicht Schlimmeres. Am ehesten strampelte da einer dieser blödsinnigen Selbstmörder, die sich vor ihrem Sprung nicht den geringsten Kopf machen, wie viele Steuergelder ihre Bergung oder die polizeiliche Aufklärung kosten. Merks brummte diese Gedanken laut vor sich hin. Sabine tätschelte seine Hand. Aber die Nachmittagsstimmung war im Eimer.

Beim Näherkommen zählten sie an die fünfzig Schaulustige. Es war eben Sonntag und, wie gesagt, das allerbeste Spazierwetter. Erst ganz in der Nähe bemerkten sie den kleinen Ausflugsdampfer, auf den sich die Aufmerksamkeit aller richtete. Sein Schornstein klemmte hinter der Brücke auf jener Seite fest, die auf dem Weg von der Stadt nicht gleich einzusehen war. »Da schniegeln diese Monopoly-Kapitalisten eine historische Schaluppe zum Touristenboot – und haben keine Ahnung, wie hoch die Brücken sind.«

Das neugierige Volk reagierte unterschiedlich. Einige lachten, denn es sah doch zu komisch aus, wenn ein mit dem Sternenbanner bemaltes Schiff, das die Aufschrift »Missouri« trug, auf diesem Nebenflüsschen der Elbe nicht weiterruckte. Andere fühlten Mitleid mit dem jungen, abenteuerlich uniformierten Kapitän, der bei der Bundesmarine vielleicht einmal ein guter Hochseematrose, aber in den Binnengewässern ein Versager war. Mit Mühe fanden Merks und Sabine einen Platz am Brückengeländer.

Der Blondschopf drehte verlegen das Imitat einer texanischen Riverboatmütze zwischen den Fingern und zeigte bis oben sichtbare Schweißtropfen auf der Stirn. »So'n Schietkram!«, schimpfte er und erklärte: »Ihr habt gut snaaken. Doch wat soll ich nu tun? Umkehren vielleicht?«

»Wenden! Du kannst nur wenden und dir 'ne andere Wasserstraße suchen!«, riet einer, der das brave Gesicht eines langgedienten Fernfahrers besaß. Er merkte gar nicht, dass sein Rat der reinste Hohn war. »Dabei ist meine Esse bloß zehn Zentimeter zu hoch«, jammerte der Kapitän.

»Doppeltes Pech für ihn«, raunte Sabine leise ihrem Kommissar zu. »Denn er hat doch schon Umsatzverlust durch die zwei Handvoll Leute, die seine Kaffeereise gebucht haben da unten auf Deck. Der Dampfer fasst doch gut und gern fünfzig Leute …«

»Du bist ein Schatz, Sabine!«, rief Merks laut, so dass alle zu ihnen hinblickten. »Deine Bemerkung bringt mich glatt auf die Lösung – und der Dampfer kann durchschwimmen.« –

Was empfahl Gustav Merks dem maritimen Jungunternehmer?

BLUTROT
SIND DIE WÄLDER

35. SCHATZGRÄBER

Erstaunlich, welche Energien in einem Arbeitslosen freigesetzt werden, sofern er sich nicht gehen lässt. Früher hatte es das Wort Arbeitslosigkeit zwar noch nicht gegeben, aber unzählige Menschen, denen es nicht anders erging als den am Rande der Gesellschaft Lebenden von heute. Allein die Goldsucher im früheren Amerika! Heute noch funkelt ihr einfallsreicher Mut durch die Hollywoodstreifen. Aber waren sie nicht fast alle arme Hunde, die mit abenteuerlichen Ideen ihr trostloses Dasein verschönten?

Solche Gedanken gingen Kommissar Gustav Merks durch den Sinn, als er einen Trupp Polizeibeamter durch den herbstlichen Forst von N. begleitete. Gelb schimmerte das unter den Schritten der Männer stiebende Laub. Im Wald waren Gruben aufgetaucht. Seit man hier Reste von antikem Keramikgeschirr gefunden hatte, wühlten nächtliche Besucher die Erde um. Die man gefasst hatte, hatten gehofft, das Landeseigentum privat zu erschaufeln, um damit ihre Armut zu verringern.

Während des Einsatzes übernachtete Merks im Gästezimmer eines hübsch renovierten Landschlosses. In der dazugehörigen Dorfkneipe war den ganzen Abend von nichts anderem die Rede als den Schätzen unter der Erde. Bei den Stammkunden hockte ein verlotterter Bibliothekar, der seine Rente durch das Sortieren des Schlossarchivs aufbesserte. Diesen Waldemar Stalling nahm die Trinkergemeinschaft ernster, als sie das ihm gegenüber wirklich zugeben wollten. Gierig ließen sie sich manches erstöberte Dokument zeigen, das er am Tage aufgefunden hatte und abends in die Pinte herunterbrachte.

Am Mittwoch – der Kommissar saß in der Ecke des Gastraums bei seinem Schwarzbier – kramte der kauzige Archivar am Stammtisch ein vergilbtes Papier vor. Prinzessin Hermine von

Anhalt hatte es in kurvenreicher Schrift verfasst. Jene Adlige, erklärte Stalling wortreich, galt als missraten, weil sie – um einer unliebsamen Eheschließung auszuweichen – ins Kloster der Ursulinen eingetreten war. Vorher hatte sie ihre Juwelen irgendwo in der Umgebung des Schlosses versteckt. So erzählte es jedenfalls die Legende.

»Das hier aber ist keine Legende!«, eiferte Stalling. »Ich lese euch noch mal die letzten Sätze vor. Sie lauten: ›So versenke ich schweren Herzens meinen Erbschatz noch diese Nacht bei der Tanne am Hofportal, und zwar da, wo zu Mittag des Wipfelschattens Spitze den Boden küsst. Mögen die Preziosen einen glücklichen Finder erfreuen. Gegeben zu N. an Mariä Geburt Anno Domini 1818. Hermine.‹ – Na was sagt uns das?!«

Am darauffolgenden Mittag trennte sich Gustav Merks im Wald von seinen Begleitern. Durch glücklichen Zufall beschien die Sonne das Schlossgelände. Merks sah im Hof die Runde vom gestrigen Abend mit Spaten bewaffnet unter der Tanne stehen. Schlag zwölf begannen die Schatzgräber mit ihrer Arbeit genau dort, wo sich die Spitze des mächtigen Schattens auf dem Sand abzeichnete.

Der Kommissar, der im Wald vorgegeben hatte, ein Mittagsschläfchen gegen die Kopfschmerzen zu halten, ging ruhig in sein Zimmer. Als er zwei Stunden später nach draußen trat, war bereits ein riesiger Krater in den Schlosshof geschaufelt. Kühne Ideen, dachte er, sind ja ganz gut. Aber sie verwandeln sich erst dann in Realität, wenn man den Verstand gebraucht. Damit lief er vergnügt pfeifend zu seinen Kollegen zurück. –

Warum griff er nicht ein?

GELD AUS DEM FENSTER GESCHMISSEN

»Bei dir muss man aufpassen«, sagte Sabine, die vitale Kindergärtnerin, zu ihrem Freund, dem Kommissar. »Es wäre nicht das erste Mal, dass dir ein Verbrechen begegnet, wenn du ganz privat unterwegs bist.«

»Gegensätze ziehen sich eben magisch an«, schmunzelte Gustav Merks, der auf dem Beifahrersitz des kleinen grünen Corsa saß und die Aussicht auf die Landschaft genoss. Den Dorfgasthof würden sie in wenigen Minuten erreicht und dann ein langes, harmonisches Wochenende vor sich haben. Gleich bog der Feldweg von der Landstraße ab, auf dem sie nur noch zwei Kilometer zu fahren hatten. Selten kam ihnen ein anderes Fahrzeug entgegen.

»Was ist denn das?« Sabine fuhr rechts an den Grasstreifen. Mitten auf der Straße auf dem weißen Strich lag eine dicke Brieftasche. Merks löste den Gurt um seinen rundlichen Bauch. Sie stiegen aus. Als Sabine den Fund aufhob, raste auf der Gegenfahrbahn ein roter, schmutziger Peugeot heran, aus dem trotz der geschlossenen Scheiben die Musik in einer Lautstärke herausdrang, dass die Blätter an den Straßenbäumen zitterten.

Während er die Geldkatze filzte, murmelte Merks: »Schau mal. Ganz hübsch bestückt das Teil.« Etwa zweihundert Euro steckten darin und so ziemlich alle Papiere, die der Mensch zum Sich-Ausweisen braucht.

»Im Dorf wohnt ein Kollege«, sagte der Kriminalist. »Dem bringe ich das Fundstück. Er muss morgen früh zum Dienst in die Stadt.«

In diesem Augenblick kreischten hinter ihnen die Bremsen. Der Peugeotfahrer war umgekehrt und schnippste noch bei ausrollenden Rädern aus seiner Schrottkiste. Die laute Musik hatte er ausgestellt. Der schlaksige Typ im bunten, über die Hose gezogenem Hemd trat ihnen mit ausgestreckter Hand entgegen.

»Vielen Dank fürs Aufheben. Und her damit! Das gehört nämlich uns.«

Ruhig zog der Kommissar die kleine Ausweiskarte aus dem Lederetui. »Wollen Sie etwa Annica Rummler sein?«

»So heißt meine Freundin.« Sein Kopf ruckte nach hinten, wo auf dem Beifahrersitz eine trotz der Turbulenzen tief schlafende, junge Dame lümmelte. Sie schnarchte mit offenem Mund, und man konnte bis hierher die Alkoholfahne riechen.

»Kann die junge Frau sich ausweisen?«

»Wie denn? Ohne Brieftasche? Geben Sie uns schon unser Eigentum.« Er räusperte sich und setzte zu einer Erklärung an. »Also, wir sind vorhin in die gleiche Richtung gefahren wie Sie jetzt. Plötzlich leiert sie in ihrem Suff die Scheibe runter und wirft das Portemonnaie auf die Straße. ›Jetzt schmeiße ich mein Geld aus dem Fenster!‹, hat sie gejohlt. Gleich darauf ist sie eingepennt. Naja, ich hatte das nicht sofort bemerkt. Aber dann habe ich gewendet und bin die Straße zurückgedüst, um nach dem guten Stück zu suchen. Da sehe ich, wie Sie es gerade einstecken wollen. Reicht das?«

Sabine sah ihren Freund fragend an. Der zog seine Dienstmarke. »Sie zeigen mir jetzt Ihre Papiere, junger Mann. Sie auf der Stelle wegen versuchten Betrugs zu verhaften, passt mir gerade nicht. Aber Sie werden von mir hören.« –

Warum hielt der Kommissar die Aussage des forschen jungen Mannes für eine Lüge?

37. ÜBERFALL BEIM MOTOCROSS

Erneut waren die Schulferien angebrochen, und wieder kam die Schwester von Gustav Merks nicht mit dem Dienstplan in ihrem Hotel zurecht. Klein Richard aber freute sich, wenigstens ein paar Tage mit seinem Onkel, dem Kommissar, verbringen zu können. Ein Dankeschön erntete der Kriminalist von der jüngeren Schwester nicht, sondern: »Hab dich nicht so! Heutzutage droht mir als Hotelfachfrau täglich die Entlassung. Einer von der Polizei aber, oder, wie neulich in der Zeitung stand, sogar ein Ordnungsamtsleiter muss dafür erst fünfzig Mal die Straßenverkehrsordnung verletzen. Also denk an die Familie und nimm ein paar Tage frei.«

Der rundliche Beamte seufzte tief. »Was möchtest du denn mit mir gemeinsam unternehmen?«

»Motocross!«, antwortete, wie aus der Pistole geschossen, der aufgeweckte Neffe. »Draußen auf den Hügeln vor der Stadt sind Jugendmeisterschaften. Und die Ev, also was die Ev Scribber ist aus der Elften, fährt mit. Sie ist in der Pool-Position!« Er lächelte verlegen »Ich verehre die Ev, Onkel«

»In welche Klasse gehst du?«

»In die neunte.«

Wieder seufzte der Kommissar und brummte etwas wie: »Man sucht sich in deinem Alter keine ältere Freundin.«

Der Sonnabend war strahlend schön. Als sie sich dem Gelände näherten, sahen sie Massen zum Ereignis strömen.

Am Fuße der Mondlandschaft stand das Kassenhäuschen und in diesem ein alter Bekannter von Merks: Daniel Senf. Der kleine, athletisch gebaute Jüngling verlor sein Dauergrinsen, als er den Kommissar erblickte. Zur Zeit war er gerade auf Bewährung frei. Aber noch vor ein paar Wochen hatten sich die beiden beim Verhör gegenüber gesessen. Trickdiebstähle waren Senfs

Leidenschaft. Meist führte er sie mit Bohnenstange, also seinem Kumpel Stefan Tubiller aus.

»Naa …« Merks grinste. »Hast wohl 'n festen Job?«

Der Angesprochene senkte den Blick auf seine Geldscheine, die ihm nicht gehörten. »Nö. Bloß 'ne Zeitarbeit.«

»Führe dich nicht in Versuchung«, bemerkte der Kommissar und kaufte zwei Eintrittskarten.

Das Rennen machte dem Neffen ungeheuren Spaß. Altersgemäß hatte der Onkel Probleme mit dem Dauerlärm der Motoren.

»Da fährt Ev!«, schrie Klein Richard.

Und schon brüllte die ganze Meute: »Ev! Halt dich ran!«

Über die Hügel hinweg lieferte sich das mit Helm und Brille vermummte Girl einen Zweikampf mit einem anderen Jugendlichen. »Rrumm! Rrumm!«, röhrten die Fahrzeuge. Beim Überqueren einer Erdwelle sprangen die Fahrer hoch in die Luft. Bremsten kurz ab, um dann mit Eleganz eine scharfe Kurve zu kriegen. Unter den Rädern spritzte Erde hoch wie Wasser. Ev überholte ihren Rivalen, einen Zehntklässler namens Volker Eiland, in der Luft. Dann landete sie perfekt auf dem Boden. In der Kurve gab sie Speed. Und siegte!

Richard war begeistert.

Mitten im allgemeinen Jubel zog jemand Merks heftig am Ärmel. Daniel Senf stand hinter ihm. »Eben«, keuchte er, »sind mir alle Einnahmen geraubt worden!«

Rasch liefen Senf und der Kommissar ein Stück fort von den Massen. Richard folgte neugierig. »Ich hatte das Geld gerade aus der Stahlkassette in die Transporttasche gelegt und wollte zum Manager. Plötzlich fuhr mir einer von diesen Crossfahrern in den Weg. Er blendete mich mit dem Scheinwerfer und ließ die Hupe dröhnen. Wie ich stehen blieb, riss er mir schon das Geld aus der Hand und jagte auf der Straße davon …«

»War es vielleicht so ein Langer, Dürrer? Und hieß er eventuell Stefan Tubiller?«

»Was denken Sie bloß von mir, Herr Kommissar! Wegen dem Helm und der Brille konnte ich ihn natürlich nicht erkennen!«

Klein Richard, der selbst einmal den Beruf des Kommissars ergreifen wollte, feixte breit: »Nimm ihn fest Onkel. Denn ein Motocrossfahrer hat den Kerl niemals bestohlen.« –

Warum?

38. KLEIN RICHARD UND DAS WERTVOLLE GESCHENK

Richard, der blonde Strubbelkopf, saß mit seinem Onkel auf dem Balkon. Wie immer freute sich Kommissar Merks über den Besuch des Neffen, der vor Ferienerlebnissen geradezu übersprühte. Im Camp an der Ostsee hatten die Kinder zwar oft Regen gehabt, dafür aber einen begeisterten Ferienhelfer – Anton.

»Wir nannten ihn hinter seinem Rücken den Verrückten«, lachte Klein Richard. Dem Verrückten schien das schlechte Wetter gerade zur rechten Zeit gekommen. Er hatte die Jugendlichen für einen Theaterabend begeistert, den sie am letzten Ferientag zur glanzvollen Aufführung brachten.

»Weißt du, Onkel, es ist wichtig, von Anfang an gleich das richtige Stück zu wählen. Das darf kein Pillepalle sein, sondern etwas, wo alle dahinter stehen. Es muss den Nerv der Zeit treffen! Na – und was ist in unserer Welt das wichtigste Problem?«

Merks goss dem Neffen einen Schluck Kakao nach, runzelte die Halbglatze und fragte schmunzelnd: »Die ökologische Katastrophe?«

»Richtig! Aber es gibt ein zweites, nämlich die Warnung vorm Krieg. Deshalb haben wir Ausschnitte aus dem berühmtesten Antikriegsstück gespielt.«

»Also Wolfgang Borcherts ›Draußen vor der Tür‹.«

»Hej, Onkel! Du bist ja gebildet. Genau aus diesem kurz nach dem Zweiten Weltkrieg geschriebenen Schauspiel, das der junge Borchert in einer Woche geschaffen hat, haben wir die lange Szene gespielt, wo der fette Nazioberst mit seiner aschigen Familie beim Abendbrot sitzt. Und da kommt der Beckmann – also das ist der junge Soldat – mit seiner Gasmaskenbrille rein und verdirbt diesen Typen den Appetit. Der Grusel pur!«

»Hm. Was hast du gespielt?«

»Na, den Kriegswanst, den Oberst!«

Mit ungläubigem Lächeln musterte Kommissar Merks die schmalen Schultern von Richard, das frische junge Gesicht.

»Hej, Onkel, guck nicht so! Natürlich hatte ich 'n strammes Kissen unterm Hemd, ausgestopfte Schultern und eine graue Perücke.«

Zur Premiere waren auch die Gäste aus den Ferienwohnungen ins Camp gekommen. Riesenapplaus hatte es gegeben.

»Nun willst du wohl Schauspieler werden?«, fragte Merks.

»Nö. Friedensforscher«, kam es bestimmt. Dieser verrückte Anton schien wirklich ein guter Pädagoge zu sein. »Aber das Tollste kommt noch! Hier! Guck mal – hier!« Richard zog aus seinem Rucksack ein altes, zerfleddertes Büchlein aus der Insel-Bücherei. Es war das Stück, wie es damals nach der Hamburger Uraufführung gedruckt worden war. Merks blätterte die ersten Seiten durch. Vorn prangte ein Autogramm: »Wolfgang Borchert. Heute, am Tage der Uraufführung meines Schauspiels, am 21. November 1947.«

»Das ist ja Gold wert!«, entfuhr es dem Kommissar. »Woher hast du das?«

»Einer der Ostseetouristen, ein uralter Opa, der damals Theatertechniker war, hat es mir geschenkt.«

»Halt es in Ehren«, empfahl der Onkel. »Aber vergiss das Autogramm. Ob sich der Alte einen schlechten Scherz erlaubt oder ob jemand mit ihm Schabernack getrieben hat, weiß ich nicht. Auf jeden Fall ist es eine Fälschung.«

Klein Richard war sichtlich enttäuscht. »Woher kennst du denn die Handschrift von Wolfgang Borchert?« –

Warum war das Autogramm gefälscht?

39. SCHÜSSE BEIM STADTFEST

Möglichst unauffällig kämpfte sich Kommissar Merks mit seinem Team durch den Trubel des Stadtteilfestes. Am Bratwurststand, der am Fuße des abschüssigen Geländes stand, verhafteten sie gezielt Joop Hanisch. Als sie den hochgewachsenen, gut durchtrainierten Mann hinter der Bude resolut durchsuchten, fiel diesem zwar die Bratwurst aus der Hand, aber keine Pistole aus der Jacke. Offenbar hatte Hanisch die Tatwaffe im Gewühl weggeworfen.

Seit den Anrufen von zwei Passanten waren etwa zwanzig Minuten vergangen. Die von Mobiltelefonen geführten Gespräche hatten den gleichen Inhalt: Im Vorübergehen hatte man Schüsse aus dem Haus Wilhelm-Heinze-Straße 8 gehört. Ein Teil des Kriminalistenteams hatte im Hausflur die wartenden Anrufer vernommen. Merks durchkämmte mit seinen Begleitern das sechsstöckige Mietshaus. Im Erdgeschoss links und im vierten Stock fanden sie offene Türen. Unten lag die Rentnerin Kruschel von drei Kugeln getroffen tot in ihrer Küche. Oben fanden sie Yvonne Hanisch, die Exfrau des Tatverdächtigen, erschossen hinter der Wohnungstür. Zwei Schüsse hatten sie in die Brust getroffen. Bei der alten Dame im Parterre handelte es sich um die Schwiegermutter von Hanisch.

»Gab's in der Vergangenheit nicht eine Menge Anzeigen wegen Belästigung durch den geschiedenen Ehemann?«, fragte Merks.

Kriminalhauptmeister Arnold, sein lexikalisches Gewissen, bestätigte mit einem vieldeutigen Nicken.

»Er könnte im Rummel nebenan untergetaucht sein«, vermutete der Kommissar.

Und damit begann die Blitzaktion. Jetzt, auf dem Revier, spielte Hanisch den Empörten.

»Eine Frechheit, mich der Freiheit zu berauben!«, schnaubte

der Einsneunzigmann. »Das kann doch jeder der Festbesucher gewesen sein!«

»Nach Ihrer Aussage sind Sie direkt von ihrer fünf Minuten entfernten Wohnung zum Stadtteilfest gestartet. Da müssten Sie ja am Tatort vorbeigekommen sein.«

»In einer Riesenmenge von Menschen, jawohl!«

»Aus der heraus uns zwei Spaziergänger sofort über die Schüsse verständigten. Haben Sie beim Vorbeigehen an Ihrer ehemaligen ehelichen Wohnung denn nichts gehört?«

»Natürlich habe ich die Schüsse auch gehört. Es waren fünf Knaller dicht nacheinander. Ich dachte, dass Luftballons platzen oder so.«

»Fünf Schüsse gleich nacheinander?«

»Jawohl, Herr Kommissar.«

Gustav Merks erhob sich. Er umrundete den Schreibtisch mit seinem fülligen Bauch und stellte sich dicht vor Hanisch auf. »Wir werden die weggeworfene Waffe finden«, sagte er. »Aber Ihre Aussage reicht auch so, um Sie als Mordschützen zu überführen.«

40. HOCHSPANNUNG

Romantisch und verschlafen wirkte die Landschaft, durch die Kommissar Gustav Merks am sonnigen Freitagnachmittag den Hügel hinauffuhr. Vor dem nostalgischen Landgasthof stieg er aus. Hier ließ sich gut ein fünfzigster Geburtstag feiern, mit zahlreichen Verwandten und Torte, Kaffee und Wein auf den rustikalen Tischen. Ein altmodischer Hochspannungsmast verstärkte den Nostalgieeffekt. Direkt über dem Parkplatz war eines der fetten Stromkabel gerissen und berührte den Asphalt. Merks hatte kurz davor seinen Audi gestoppt.

Am Rande des mit Ligustersträuchen umfriedeten Autofeldes lamentierte ein buntes Völkchen. Keiner betrat den Platz, auf dem in der Nähe des Kabels noch ein Besen herumlag, und schon von weitem gestikulierten alle wie wild. Als der Kommissar den Wagen abgeschlossen hatte und auf die Gruppe zulief, wurde er von Warnrufen überschüttet.

»Einer nach dem anderen«, setzte sich Merks' bärige Stimme durch. »Wo ist der Verletzte?«

Nach rascher Einschätzung der zum Teil halb-, zum Teil volltrunkenen Weinverkoster zog er es vor, zunächst nur das am Telefon schon beschriebene Opfer und den Besitzer des Gasthofs anzuhören.

In einem Lehnstuhl lag das fünfzig Jahre alte Geburtstagskind, ein dicker Bürger namens Nolte – ein wenig krumm und ein wenig an Kopf und Schulter blessiert. Der blutunterlaufene Strich an der Schläfe hätte vielleicht tödliche Folgen haben können. Diese Vermutung des schockiert brabbelnden Gastes bestätigte der Kommissar und stimmte zu, dass die eigene Frau doch nicht das Recht habe, ihren Gatten mit dem Besenstiel zu verprügeln.

Aus Noltes wütenden Satzfetzen und dem sachlichen Zeugenbericht des Wirts wurde klar, dass es zwischen dem Fünfziger und seiner als hysterisch verschrienen Ehefrau einen deftigen Streit gegeben hatte. Irgendeine der lieben Cousinen hatte einen Seitensprung des molligen Jubilars ausgeplaudert, von dem Frau Nolte in zweiundzwanzig Ehejahren nie etwas erfahren hatte. Im Verlauf der von mehreren Verwandtschaftsparteien leidenschaftlich geführten Debatte war es zu Handgreiflichkeiten gekommen, bei denen eine Weinflasche zu Bruch ging. Nolte hatte erklärt, nun verlasse er seine eigene Feier, jeder solle zusehen, wie er die Zeche bezahle. Daraufhin war er auf den Parkplatz zum ehelichen Fiat gestolpert.

Der Gastwirt riss die Hände hoch, als wolle er den Himmel beschwören. »Duplizität der schlimmen Ereignisse!«, erklärte er. »Denn im selben Moment, als Herr Nolte den Platz betrat, riss das Stromkabel und fiel auf sein Auto.«

»Sie aber«, stöhnte der Leichtverletzte, »ist mir hinterher gesprintet mit diesem Holzbesen in der Hand. Als ich die Wagentür berührte, durchfuhr mich ein grässlicher Stromstoß. Meine Finger klebten an der Klinke fest. Dass ich überhaupt noch am Leben bin, mein Gott … Aber nun denken Sie bloß, Herr Kommissar: Selbst in diesem Moment drosch Carola auf mich ein, so dass ich schwer auf den Boden stürzte. Danach schlug sie eiskalt das Stromkabel zur Seite, setzte sich in unser Auto und fuhr davon …«

»Danken Sie ihrer Frau«, riet Merks. »Denn sie hat Ihnen alle künftigen Geburtstagsfeiern gerettet, Herr Nolte.« –

Wieso konnte der Kommissar das behaupten?

41. DIE ELSTER WAR'S UND NICHT DIE SCHWESTER

Nachdem ihn ein Trittbrettfahrer des Kettensägenmonsters bei der Festnahme krankenhausreif geschlagen hatte, freute sich Gustav Merks auf acht Tage Entspannung in der Kieferchirurgie. Neben der Renovierung seines Unterkiefers kam er dazu, das frisch erschienene Buch »Roulette des Lebens« zu lesen, eine vergnügliche Biografie voller Weltläufigkeit, geschrieben von seinem alten Bekannten Günter Gentsch. Außerdem machte er die interessante Bekanntschaft von Mike Franke, einem Ornithologen, der mit ihm wegen der muckernden Weisheitszähne das Zimmer teilte.

Wenn an diesen schönen Tagen das Fenster offen stand, wusste der beredte Spezialist alle Zeichen der Vögel zu deuten, die hier im Krankenhauspark zahlreich vertreten waren. An den Abenden erschien Sabine, die langjährige Freundin des Kommissars, zum Händchenhalten. Und so war die Idylle zumindest bis zum Morgen des dritten Tages perfekt. Da geschah das Unerwartete.

Ganz früh war Mike operiert und nach zwei Stunden wieder ins Zimmer geschoben worden. Auf Betäubungsmittel gesetzt, bekam er den kuriosen Vorfall zunächst gar nicht richtig mit, und äußern konnte er sich auf keinen Fall dazu. Schwester Eva-Maria, der adrette Liebling aller leidenden Männer, war in einen schrecklichen Verdacht geraten.

Zur gleichen Zeit nämlich, da sich die Ärzte der Weisheitsregion von Franke annahmen, wurden im Saal 2 dem von Funk und Fernsehen bekannten Schauspieler Dieter Bellbaum zwei Goldzähne gezogen und durch moderneres Material ersetzt. Jeder auf der Station wusste, dass der in einem Einzelzimmer liegende charmante Mime Schwester Eva-Marias ausgesprochener Liebling war. Die Operation gelang ebenso wie die an Frankes Gebiss. Nur erhielt Bellbaum auf Nachfrage seine goldenen

Wertstücke nicht zurück. Sie waren schlichtweg verschwunden!

Chefarzt Ostermeyer behauptete höhnisch, Eva-Maria habe sich Bellbaums Goldhauer eingesteckt, verführt von übertriebener Verehrung.

»Sie sind doch Kriminalkommissar«, heulte die hübsche Schwester am Bett von Merks. »Kriegen Sie heraus, wer es wirklich war! Wir gingen zum Frühstück hinaus – und da muss eine Elster sich die in der Nähe des offenen Fensters liegenden Zähne geholt haben. Es flattern doch einige dieser Biester hier im Park.«

»Haben Sie denn das Elsternest untersucht?«

»Ja, freilich! Azubi Henry und Azubi Anett sind auf die Buche geklettert. Aber sie haben nix gefunden. Mein Gott …«

Der Kommissar blickte auf den Ornithologen neben ihm, doch Franke schlief noch. »Der Abend«, beschied er der Schwester, »wird klüger sein als der Morgen.«

Nachmittags, als der Nachbar wieder reden konnte, nuschelte er Merks etwas vor über die Versteckaktivitäten der Elstern. Da machten sich beide Männer in den Park auf und untersuchten die Bäume gründlich. Einer der kletterfreudigen Azubis begleitete sie, diesmal mit der Leiter bewaffnet. Schon am selben Tag konnten sie der glücklichen Eva-Maria die verlorengegangenen Zähne überreichen. Eilends lief sie zu ihrem Filmidol. Das jedoch winkte gnädig ab.

»Können Sie behalten als Andenken an mein hiesiges Gastspiel«, tönte der beliebte Bellbaum. Was bei der braven Schwester natürlich den stärksten Freudentaumel auslöste. – Was muss man bei einem Verdacht auf Elsterndiebstahl wissen?

42. ERDOLCHUNG EINES SCHWABEN

Stefan Michalski hieß der spindeldürre junge Mann, der, ohne mit Reden aufzuhören, dem rundlichen Kommissar durch die Felder voranging. Zielbewusst schritt er aus, wie einer, der von hier war und jeden Stein seiner Heimat kannte. Kommissar Merks hatte Mühe zu folgen.

Während die Lerchen am blauen Himmel über den Ähren zwitscherten, erzählte Michalski von der Schlacht bei Lucka am 31. Mai des Jahres 1306. Bis vor kurzem hatte der Bursche mit den dicken Brillengläsern Archäologie studiert, sein Examen über die Hünengräber in der Umgebung mit der Bestnote bestanden, außerdem war er zwischen den uralten Schlachtfeldern aufgewachsen. So schien er gut geeignet, in seinem kleinen Heimatdorf bei Lucka ein Museum aufzubauen, und das wollte er auch. Staatliche Zuschüsse winkten bereits in greifbarer Nähe. Die Geschichte der Schlacht von Lucka, plauderte er, sei ungeheuer wichtig für das Heimatgefühl der Bürger. Damals hatten vor allem Leipziger Kämpfer den habgierigen König Albrecht besiegt und dafür gesorgt, dass nicht die im feindlichen Heer massiv vertretenen Schwaben die Messestadt besetzten.

»Stellen Sie sich vor, Leipzig wäre schwäbisch geworden! Also stellte diese Bataille einen wichtigen Wendepunkt der sächsisch-thüringischen Geschichte dar – nicht wahr?« So plauderte und plauderte er. Dann standen sie auf einem Hügel vor einer perfekt mit Zeltplanen abgedeckten Grabstätte.

In der Tiefe erblickte Gustav Merks ein sorgfältig freigelegtes Skelett, dessen Knochen aus einem Plattenharnisch herausragten. Neben dem Schädel lag der eiserne Topfhelm mit dem schmalen Spalt für die Augen. Rechts unten ruhte die große Lanze, links das Schild und ein zweischneidiges Schwert.

»Erstaunlich gut erhalten«, bemerkte der Kommissar.

»Ja«, lachte der junge Museologe. »Das liegt am Boden. Aber eigentlich dachte ich, dass Ihnen als Kriminalist sofort etwas Sonderbares an diesem Leichnam auffällt. Ich hätte gern, dass Sie es selbst entdecken und mir bestätigen.«

Merks hatte natürlich gleich gesehen, dass der Tote auf dem Bauch lag und ihm eine Art Dolch im Rücken steckte. Eine Stahlklinge. »Der Holzgriff ist freilich schon ziemlich verrottet …«

»Genau!«, jubelte Michalski. »Ich habe das Material von einem Metallurgen untersuchen lassen. Doch wissen Sie, was das bedeutet? Hier wurde ein Kämpfer des königlichen Heeres – und es ist der Rüstung nach ganz klar ein Bayer oder Schwabe – von hinten erstochen. Das erklärt, warum unsere Leipziger mit ihrem kleinen Heer unter Führung Markgraf Friedrichs des Tapferen tatsächlich die Wessis in die Flucht schlugen. Es gab also einen Verräter unter den Königstreuen, der diesen Feldherrn hier im Kampf heimtückisch ermordete. Geben Sie mir das schriftlich, Herr Kommissar?«

Gustav Merks schmunzelte. »Entweder ist Ihr jugendlicher Ehrgeiz unnatürlich entwickelt, oder Sie sind so geltungssüchtig, Ihr Traummuseum mit einer Betrugsnummer zu eröffnen. Denn so viel ich für einen Tourismusmagneten übrig habe, so wenig kann ich Ihnen bei diesem Skelett die sicher werbekräftige Dolchstoßlegende bestätigen.« –

Was sprach gegen den Mord von hinten?

43. ÜBERFALL AM BAHNÜBERGANG

Dichter Nebel legte sich an diesem Abend über die Kreisstadt und die sie umgebenden Wiesen und Wälder. Nur langsam war Kommissar Merks in der zuckelnden Fahrzeugkolonne vorangekommen.

Und nun stand er im Büro des bereits vorweihnachtlich geschmückten Supermarktes der Filialleiterin gegenüber.

Die hochaufgerichtet hinter ihrem Tisch stehende Riesendame stellte sich mit Frau Firlius vor. Neben ihr saß völlig zusammengebrochen ein junger Mann im weißroten Kittelchen der Handelskette. Sie herrschte ihn mit seinem Vornamen Wilfried an. In dem Ausweis, den Gustav Merks gerade prüfte, las er den Familiennamen Reipach.

»Wie hoch ist der Schaden?«, fragte er.

»Wilfried hatte ja noch die Übergabequittung bei sich«, berichtete Frau Firlius aufgeregt. Sie schob das Blatt eines Quittungsblocks über den Tisch, abgestempelt von dem, wie sich der Kommissar entsann, dreimal größeren Supermarkt der gleichen Firma in der Kreisstadt. In der Empfängerspalte las er zwei Krakel, die der Vor- und Zuname des überfallenen Geldboten sein konnten. Immerhin betrug die Summe fünfhundert Euro.

»Uns gingen plötzlich die Zehneuroscheine aus«, berichtete die Filialchefin. »Und das im Freitagabendgeschäft! Ich wusste aber, dass unser Geldautomat neulich Scheine ausgespuckt hatte, die nach einer Weile zerfielen. Vielleicht ist das auch bloß ein Gerücht. Trotzdem dachte ich: Schickst doch lieber einen Boten ins Center der Kreisstadt, der uns von dort Wechselgeld holt. Nun, der Wilfried ist ein fixer Autofahrer. Außerdem hilft er gern und ist überhaupt einer unserer anstelligsten Azubis.«

»Sind Sie noch Azubi?«, staunte der Kommissar den wesentlich älter wirkenden Jüngling an

»Ja, ich bin früher zweimal in der Schule sitzengeblieben.« Reipach wirkte wie ein Häufchen Unglück.

»Schildern Sie uns den Überfall und lassen Sie kein Detail aus.«

»Naja, also … Also, wie ich das Geld in einer Klarsichtfolie auf dem Beifahrersitz liegen hatte, trat ich die Rückfahrt an. Es ist ja ganz schön neblig draußen, also ja. Aber ich bin natürlich nicht Schritt gefahren, haha! Die Chefin brauchte das Geld ja schnell. Also, wie ich am schrankenlosen Bahnübergang zwischen Pustelwitz und Zschachelnau anhalten muss, weil die Signalanlage blinkt, kommt doch plötzlich dieses Motorrad von hinten und hält neben mir. Ich wundere mich, warum die beiden rechts an mich ranfahren …«

»Es saßen zwei Personen darauf?«

»Also ja. Es war ein Kerl mit seiner Ische. Also der Typ schlägt plötzlich, wie der Zug in der Ferne gerade anrollt, mit etwas Schwerem, einem Hammer vielleicht, meine Beifahrerscheibe ein, dann greift er nach unten, reißt die Euros an sich, startet durch und saust über die Schienen. Knapp vor der Lok! Seine Tussi ist dabei fast runtergekippt. Naja, ich habe auf die vorbeiratternden Waggons gestiert und musste warten, bis der Zug vorüber war.«

»Können Sie die Täter beschreiben?«

»Aber ja, klar! Also die hatten Lederjacken an und Helme auf. Der Fahrer besaß dunkles, mit Gel angepapptes Haar, im Nacken so eine Ente, wie mein Großvater immer sagt, also 'ne Frisur wie Elvis Presley. Die Resi ist wasserstoffblond gewesen und hatte kurze Borsten wie 'n Igel.«

Gustav Merks schmunzelte. »Abgesehen vom Nebel«, meinte er, »haben Sie wirklich Augen, die durch Wände blicken können. Kommen Sie mit aufs Präsidium, Herr Reipach.« –

Warum verhaftete er den jungen Mann?

44. ZWEI ABSCHIEDS-BRIEFE

»Dort oben, im sechsten Stockwerk!« Arno Stipps, der vierschrötige Polier, wies mit einem mörtelbespritzten Finger auf die Leitern. Die lehnten schräg gestellt, auf jeder Gerüstetage eine. Sie waren der einzige Weg, um den Rohbau des neuen Bürohauses zu ersteigen. Stipps grinste, als er den stattlichen Bauch von Kommissar Merks sah. »Schaffen Sie's auch?«

»Schneller als Sie denken«, brummte der Kommissar. Er ließ Wolf Arnold, seinen ebenfalls nicht ganz jungen Kriminaltechniker, vorankletttern. Ein schneidender Wind begleitete den Aufstieg der drei Männer. Auf dem Flur der Etage wartete ein Maler auf sie. Alle anderen Kollegen hatte Stipps fortgeschickt.

»Morrrgen!«, begrüßte sie der junge Kerl mit dem wuchtigen Schnauzbart und den Gesichtszügen eines kaukasischen Gebirgsreiters. »Ich cheißen Alex. Bin besterrr Frrreund von Witalij.«

Witalij lag mit dem Gesicht nach unten in einem der halbfertig tapezierten Büroräume. Die Finger seiner rechten Hand umklammerten einen kleinen Revolver. Arnold kniete nieder und hob leicht den Kopf des Malers an. »Das Einschussloch liegt in der rechten Schläfe. Wahrscheinlich ist das Geschoss im Schädel steckengeblieben.« Zarte Blutspritzer waren rund um seinen Kopf am Boden verstreut. Der Techniker machte einige Fotos. Dann nahm er den Streifen Raufasertapete in die Hand, der links von der Leiche in Kopfhöhe lag. Auch unter dem Tapetenfetzen befanden sich, wie von einem Sprenkler ausgespiehen, die roten Spritzer. Arnold zeigte dem Schnauzbärtigen das Stück Tapete. In großen blauen Buchstaben waren darauf fünf Worte in kyrillischen Zeichen geschrieben. »Sieht aus wie eine Abschiedsbotschaft. Aber mein Schulrussisch liegt lange zurück. Übersetzen Sie mir das.«

Alex räusperte sich: »… Ja bolsche nje chotschu – das cheißt so ungefährrr: Ich will nicht mehrrr. Sozusagen: Ich machen Selbstmorrrd.«

»Dahinter steht ein Komma und noch ein Wort.«

»Rrrichtig. Es steht: Sandrrra. Sein deutsches Brrraut cheißt so. Witalij und sie chatten viel Konflikt.«

Während der Kollege berichtete, dass Witalij seinen Freitod schon öfter angekündigt hatte – heute früh erst wieder bei Arbeitsbeginn –, winkte der Polier den Kommissar unauffällig zur Seite. Vor der Tür flüsterte er: »Glauben Sie dem verschlagenen Lümmel kein Wort. Sie haben beide mit Sandra geschlafen.«

Rasch traten die beiden wieder in den Raum. Alex zog ein rosa Kuvert aus der Hosentasche. »Diese Brrrief chat mirrr Witalij cheute frrrüh gegeben. Dann ist gerrrant chierrr chinauf. Ich nachgerrrant! Als ich in zweite Etage, ich chörrrte Schuss.«

Merks las den knappen Brieftext lauf vor: »Lieber Freund, ich empfinde nichts mehr für dich. Es gibt einen anderen Mann, der mich glücklich macht, und du kennst ihn gut. Versuche nicht, mich umzustimmen. Es war schön mit dir, Sandra.«

Der Kommissar zog die Stirn in Falten. »Seltsam«, murmelte er. »Der Brief könnte sowohl an den einen, als auch an den anderen gerichtet sein. Auf jeden Fall fordere ich Sie auf, Herr … Alex, uns auf das Präsidium zu begleiten. Sie sind wegen Mordverdachts verhaftet. Es gibt einen eindeutigen Beweis dafür.« –

Welchen?

45. EIN KOMISCHER BANKEINBRUCH

Scharf bremsten Autos vor der flackernden, weil reparaturbedürftigen Neonreklame der Bank. Aus dem ersten Wagen sprang der hagere Haudegen Wolf Arnold, Techniker der Kriminalpolizei. Ihm rollte behände der korpulente Kommissar Gustav Merks hinterher. Dem Nobelfahrzeug dahinter entstiegen ebenfalls zwei Männer.

»Loewi, Filialdirektor«, stellte sich ein braungelockter Jüngerer vor.

»Balljack, Kundenbetreuer«, vermeldete der Zweite.

»Schließen Sie auf«, befahl Merks und zog, wie Arnold, die Dienstwaffe.

An den geschlossenen Schaltern liefen sie vorbei hinab in den Keller. Nacheinander öffnete Loewi mehrere Türen. Entschuldigend blickte er die Kriminalisten an. »Wir haben noch diese altmodischen Schlösser. Aber bald besitzt auch unsere Filiale elektronische Sicherungsanlagen.« Nach Durchqueren des Haupteingangs hatte Loewi den ohrenbetäubenden Alarm abgestellt, der übrigens der Grund dafür war, dass die Herren die Bank zu so ungewöhnlicher Stunde besuchten. Hier unten herrschte eine fast beängstigende Ruhe.

Als sie den Vorraum mit den Schließfächern und das Scheckdepot besucht hatten, schloss Loewi die letzte Tür zum eine Treppe tiefer gelegenen Unterkeller auf. Dort standen hinter einem Scherengitter die Tresore für Banknoten und Edelmetallbarren. Nur noch das Scherengitter war zu öffnen, und der Direktor fingerte den Schlüssel dafür aus dem Bund. Durch den engen Gang konnten sie die Stufen nur einer nach dem anderen hinabsteigen. Merks und Arnold gingen mit entsicherter Waffe voran.

»Aufstehen! Hände hoch!«, rief der Kommissar. Aber die Frau, die auf dem Steinboden vor dem Gitter lag, rührte sich nicht. Es war eine zierliche junge Frau im taubenblauen Abendkostüm, und sie umkrampfte einen ähnlichen Schlüsselbund, wie ihn der Filialleiter besaß.

»Sie ist bewusstlos«, stellte Arnold fest. Er rannte an den Bankern vorbei, um aus der Toilette einen Eimer Wasser zu holen.

»Fr-fräulein Mertesacker«, stotterte der Direktor. »Sie war meine tüchtigste Kassenangestellte. Ich habe ihr gestern auf eigenen Wunsch die Entlassungspapiere gegeben. Begriff gar nicht, warum sie so plötzlich kündigte …«

Balljack riss Arnold den Eimer aus der Hand und goss das Wasser der ehemaligen Kollegin über die Frisur. Wie von der Tarantel gestochen sprang sie hoch, schüttelte sich und zitterte am ganzen Leibe.

Fräulein Mertesacker gestand, mit dem arbeitslosen Profifußballer Kuranjo ein Verhältnis eingegangen zu sein. Der hatte sie zu dieser Aktion überredet, bei der er lediglich im Fluchtauto wartete. Jetzt war er natürlich über alle Berge. Alle Schlüssel hätten gepasst, erzählte das in Wasser und Tränen gebadete Mädchen, nur der am Scherengitter nicht! Sie hätte sich gewundert, da sie den Bund schon oft benutzt hatte. Sie habe versucht, den Schlüsselbart mit der Nagelfeile zu bearbeiten. Langsam sei sie in Panik verfallen. Als die Sirene aufheulte, sei sie in Ohnmacht gefallen.

»Der Alarm löst sich aus, wenn jemand zu lange herumprobiert«, erklärte Loewi. Streng blickte er seinen Teamleiter an. »Waren Sie heute als Letzter hier unten?«

Wie ein Spielzeugteddy tappte der gelockte Jüngling zum Scherentor. Er versuchte erst gar nicht, den Schlüssel einzustecken, denn das Tor war nicht zugeschlossen. »Da hatten Sie Glück, Herr Loewi«, schmunzelte Kommissar Merks. –

Warum bekam die Angestellte das Gitter nicht auf?

46. ENGLISCHER NEBEL

Dichter Nebel hatte sich über die Stadt gelegt. Bereits am späten Abend war er über Gebäude und Fahrbahnen gekrochen. Er hatte über Nacht zugenommen und am Morgen so gut wie jeden Verkehr lahmgelegt. Überfüllte Straßenbahnen schoben sich an diesem Montag im Schneckentempo vorwärts. Die meisten Leute hatten ihren Wagen vor der Tür stehen gelassen.

Kommissar Gustav Merks war aus der Sechzehn ausgestiegen. Nun wartete er in einem Schub Studenten, die der Uni zustrebten, dass die Fußgängerampel auf Grün schaltete. Es war eine normale innerstädtische Straße, dreispurig. Doch die Ampel auf der gegenüberliegenden Seite war schon nicht mehr zu erkennen. An genau einer solchen Kreuzung lag die Wohnung des Verdächtigen. Nachdem der Kommissar fünf Minuten gelaufen war, fand er die Straße und Hausnummer. Da die Mietertabelle von innen erleuchtet war, drückte er auf die richtige Namenstaste und klingelte Sturm. Merks wusste, dass Dennis Hubel in den Morgenstunden zu Bett ging. Schließlich musste er sich von seinem Job als Nachtbarkeeper erholen. Deshalb drückte er wiederholt auf die Klingel. Es tröpfelte ihm unangenehm in den Mantelkragen. In die ungewöhnliche Stille der Hauptstraße hinein ertönte plötzlich ein fröhlicher Guten-Morgen-Gruß. Hubel war es, der wie aus dem Boden gewachsen neben ihm auftauchte und gleich die Haustür aufschloss.

Der einem Laufstegmodel für exquisite Herrenkleidung ähnelnde Keeper roch nach seinem Arbeitsplatz und einem aggressiven Haargel. Merks kannte ihn von einer Razzia in seinem Club.

»Nun, ohne Wagen vom Dienst zurück?«, wunderte sich der Polizist.

»Den habe ich lieber stehen lassen. Bin die zwanzig Minuten

gelaufen. Kein Problem für einen jungen, dynamischen Mann wie mich.« Er lachte und zeigte dabei im grellen Licht des Hausflurs blendend weiße Zähne. Sie bestiegen den Lift.

»Wir müssten uns Ihr Fahrzeug gleich mal ansehen«, bemerkte der Kommissar im behaglich eingerichteten Dachappartement. »Vor Ihrer Bar parkt es?« Merks griff zum Telefon, um seine Leute dorthin zu schicken.

»Halt! Genauer gesagt steht es dort nicht mehr. Ich hatte heute früh einen Werkstatttermin. Habe den Wagen gerade zum Kumpel um die Ecke geschoben.«

»Und jetzt«, stellte Merks lakonisch fest, »bügelt der feine Kumpel die Lackkratzer aus, nicht? Denn Sie haben gestern auf dem Weg zur Piccolo-Bar einen alten Mann umgefahren. Auffälligerweise handelt es sich dabei um Günthi. Also um den Ganoven, mit dem Sie wegen Ihrer kriminellen Deals um eingeschleuste Begleitdamen öfter schon Differenzen hatten.«

Der Kommissar zog die frische Morgenzeitung aus der Tasche. Günthis Foto prangte darauf und die dicke Schlagzeile: WARUM? MORD IM ROTLICHTMILIEU.

»Die Schlagzeile habe ich soeben auch gesehen«, erklärte Hubel rasch. »Der Zeitungskiosk befindet sich ja genau schräg gegenüber von meiner Wohnung. Ich bin dann aber doch nicht über die Straße gelaufen, um mir das Schwindelblatt zu kaufen. Man weiß ja nie, ob einen dabei ein durch den Nebel schleichendes Polizeiauto anfährt ...« Er zeigte wieder sein Reklamelächeln. »Oder sind Sie etwa zu Fuß gekommen, Kommissar?«

»Diese Frage muss ich Ihnen nicht beantworten.« Merks ließ die Handschellen klicken. »Aber Sie werden mir bald einige Antworten geben. Denn Ihr Wissen um Günthis Tod haben Sie garantiert nicht aus der Zeitung.« –

Womit verriet sich der Barkeeper?

47. HAUPTKOMMISSAR SUCHT FRISEUR

Draußen war trauriges Novemberwetter, die Stunden tröpfelten dahin. Kommissar Merks verzehrte schon das zweite, übrigens vorzügliche Eisbein. Das erste hatte er bei dem Wirt mit dem unaussprechlichen tschechischen Namen heute Mittag bestellt. Sein Gürtel reagierte mit erfolglosen Dehnversuchen, aber er wollte ihn vor den im Gastraum sitzenden Einheimischen und Fernfahrern nicht lockern. Skat wurde gespielt, das Radio dudelte, und so ging das schon den ganzen Tag. Ihm gegenüber hatte bis vor kurzem Hauptkommissar Bert Reinecke gesessen, der war jetzt im Ort.

Eine Schmugglergang, wussten sie, würde sich in diesem Grenzgasthof treffen. So hatten sie sich gestern hier eingemietet, als durchreisende Staubsaugervertreter. Die Aufgabe hieß: verdeckte Observation. Dass es in Deutschland einen solchen Ort gab, geradezu am Ende der Welt gelegen, der weder einen Bahnhof noch eine vernünftige Fernstraßenanbindung besaß, wussten sie vorher nicht. Eine Kirche existierte und ein Kaufmarkt, ein paar Krämer und eine Pension. Erstaunlich war, dass hier zwei Friseurmeister ihr Geschäft betrieben, beide wahrscheinlich seit Urgroßvaters Zeiten.

Um Mittag herum, als ein Rudel Fernfahrer hereinströmte, hatten ihre Beobachtungen bereits Erfolg. Die rauen Gesellen waren nicht bloß des ausgezeichneten Eisbeins wegen gekommen. Merks und Reinecke erkannten zwei lange gesuchte Täter. Bevor die Schmuggler wieder gingen, hatten die Beamten bereits die Fahndungsmeldung weitergegeben. Nun wurden die Transporter beschattet. Gleich abzureisen wäre unklug gewesen. Schließlich sollte auch der Wirt, der vielleicht als Komplize mitspielte, keinen Verdacht schöpfen. Also schlugen sie die Zeit tot. Warten fiel schon manchmal schwer. Doch ein Warten auf nichts war schlimmer, es drückte beiden aufs Gemüt. Der junge Hauptkommissar hatte eine Diskussion um seine polizeiwidrig langen Haare begonnen, und dass ihn Hauptkommissarin Rose Geppard deswegen aufgezogen hatte. Jetzt war Zeit, was dafür zu tun, denn das Nest besaß ja zwei Friseure. Darum war Reinecke in den Regen hinausgelaufen.

Pudelnass – denn natürlich hasste er wie die meisten jungen Männer Schirme – kehrte der Lulatsch zurück. »Denk dir, Gustav, die beiden Haarschnippler ähneln sich wie Tag und Nacht. Ich habe in die Geschäfte gesehen. Andrang gab es bei keinem. Bei einem saß eine Mutter mit zwei Kindern, beim anderen ein Rentner im Overall eines Feierabendmalers. Aber dieser Unterschied, sage ich dir! Das Geschäft am Markt war picobello gepflegt. Die Spiegel blitzten, und der junge Inhaber machte einen blendend frisierten Eindruck. Sein Konkurrent in der Kirchstraße dagegen führt einen völlig verwahrlosten Laden. Auf dem Boden lagen Haarbüschel, und der alte Mann aß ungeniert seinen Döner weiter, als er im Bestellbuch blätterte. Sein Haar war strubblig und schlecht geschnitten. – Nun, was meinst du: Zu welchem Friseur sollte ich gehen?«

Ohne Zögern antwortete Gustav Merks: »Natürlich zum Alten in der Kirchstraße.« –

Warum gab der Kommissar diesen seltsamen Rat?

48. EINE WAHL IM JAHR 3005

Kriminalkommissar Gustav Merks, der messerscharfe Logiker, aber auch einer der gemütlichsten Menschen unter der Sonne, verspürte in letzter Zeit Bauchschmerzen. Das hatte bei seinem ansehnlichen Leibesumfang schon etwas zu bedeuten. Der Grund dafür war das Fernsehprogramm. Seit Wochen wurden auf den unterschiedlichsten Sendern die unterschiedlichsten Wahrheiten verkündet. Die Wahl einer neuen Regierung stand an, und das Volk sollte an einem bestimmten Sonntag an die Urne treten. Je mehr Meinungen Merks hörte, umso unentschlossener wurde er, welche Partei er selbst wählen konnte. »Ich muss Wahrheit von Lüge unterscheiden«, dachte der Kommissar. »Wenn ich das so gut bei meinen Verhören kann, werde ich es doch auch bei diesen Politikern schaffen …« Zufällig sah er am Vorabend der Wahl einen utopischen Film. War's Star Trek? Enterprise? Jedenfalls schlief er dabei ein. In der Nacht hatte Gustav Merks einen Traum.

Es war das Jahr 3005. Er befand sich auf einem fernen Planeten. Menschen lebten dort, genauso gestaltet wie die Erdenbürger jetzt. Sie schlugen sich mit ganz ähnlichen Problemen herum wie wir. Nur ein wenig mehr Technik regierte die Welt. Auch auf diesem Planeten stand die Wahl eines Regierungschefs bevor. Und auch hier waren etliche Leute unentschlossen. Dem Planeten fehlten Öl und Minerale, selbst das Wasser drohte zu versiegen. Aber welcher der drei wählbaren Supermänner, von denen einer eine Frau war, konnte dem Volk wirklich aus der Not helfen? In einem unübersehbaren Zug von Planetenbewohnern bewegte sich der Kommissar auf einen leuchtenden Palast zu. In der Empfangshalle standen, wie Götterbilder, die Hologramme der drei wählbaren Personen. Alles konnte man sie fragen, und sie hatten auf alles eine Antwort. Beispielsweise stellten viele die Frage: »Welche Garantie gibst du uns, dass unter deiner Regierung der Ölpreis sinkt?« Jede der Superfiguren konnte darauf etwas Schlüssiges erzählen.

Allerdings wusste das Volk: Eine von ihnen verkörperte die notorische Lüge, sprach also stets die Unwahrheit. Eine von ihnen redete die Wahrheit. Und die Dritte galt als große Diplomatin, die manchmal log und manchmal die Wahrheit sagte. Das Problem war, dass niemand wusste, wer die Wahrheit, wer die Lüge und wer die Diplomatie darstellte – denn alle drei waren sich bis auf die spitzen Mützen mit ihren Signallichtern und Radarfühlern zum Verwechseln ähnlich.

»Ich werde herausfinden, wer hier die Wahrheit spricht«, versprach Merks den Leuten auf dem fernen Planeten. Er stellte sich vor die Hologramme und fragte das linke: »Wer steht neben dir?«

Es antwortete: »Die Wahrheit.«

Dann fragte er das virtuelle Wesen in der Mitte: »Wer bist du?«

Die Antwort hieß: »Die Diplomatie.«

Schließlich fragte er noch das rechts stehende Abbild: »Wer steht neben dir?«

Die Antwort lautete: »Die Lüge.«

»Alles klar«, sagte Gustav Merks zufrieden. Doch bevor er der Bevölkerung seinen Wahltipp geben konnte, wachte er auf. Es war Sonntagmorgen, und er frühstückte kräftig und ging wählen. – Wer verkörperte die Wahrheit, wer die Lüge und wer die Diplomatie?

49. AUF DER MAUER, AUF DER LAUER

Durch die Glastür sah Olli, der leutselige Mann hinter der Stehbar, den Kommissar die Straße herabkommen. Obwohl die Gasse nur von wenigen Laternen beleuchtet war, erkannte der flinke Mixer die massige Gestalt von Gustav Merks und zapfte rasch ein kleines Schwarzbier. Als der Bauch des Polizisten die Tür aufdrückte, stand die frisch eingeschenkte Tulpe auf dem Tresen. »Na, wieder mal bis in die halbe Nacht Verbrecher gejagt?«

»Bloß Buchverbrecher«, knurrte Merks und nahm einen kräftigen Schluck. »Heute war ja noch Buchfest, und ich habe in einige Lesungen reingeschnuppert. Meist nur zur Hälfte, dann bin ich zum nächsten Schreibtischmörder geflüchtet. Es ist erstaunlich, welche Märchen die Autoren über meinen Beruf erzählen … Aber die schlimmere Spezies sind die Einheitsautoren. Bloß weil wir mal ein paar runde Jahre deutsche Einheit feiern, werden darüber zentnerweise Geschichten gedruckt. Prost, Olli! Ich hasse Kampagnen.«

»Doch die nächste«, raunte Olli, »steht schon vor der Tür. Fahr mal dein kriminalistisches Ohr aus und hör zu, worüber das Pärchen am runden Tisch hinter dir redet.«

»Ich bin heute nicht mehr im Dienst«, brummte Merks.

Doch das besonders von dem etwas abgerissen wirkenden Rentner geführte Gespräch war wegen der Lautstärke seiner gelallten Worte nicht zu überhören. »Das ist Nowack, abgedienter Schulhausmeister. Er kam mit der Blondine rein und verkündete gleich: Die Fernsehredakteurin bezahlt. Nun verdient er sich seine Zeche mit Geschichtenerzählen.«

»Ist ja hooochinteressant, Herr Nowack! Hooochinteressant!« Das sprudelte immer wieder aus dem Mund der eifrig notierenden Mediensklavin. Es ging um die Kampagne des Jahres 2011, also den fünfzigsten Jahrestag des Mauerbaus. Das Mädelchen, das 1961 garantiert noch im Bauch ihres Vaters schlummerte, lauschte mit augenrolliger Hingebung. Nowack erhielt also außer den freien Getränken noch einen erotischen Genuss.

»Und dann bin ick«, schwadronierte Nowack, »uff'n letzten Pfiff aus meene Dachmansarde jehuppt – in eenem Satz! Awa statt im schon zujemauerten Westberlin zu landen, krachte ick direkt off de Mauer druff. – Ick hawe Ihnen ja erzählt, det unsere Straße hintenraus anne Mauer jrenzte. – Also ick da ob'n uff de Mauer und unten zwee Vopos mit ihre Kalaschnikows. Lebensjefährlich war dette! Bring mir noch'n Bier und 'n Braunen, Olli.«

»Ist ja hooochinteressant, Herr Nowack!«, seufzte die schöne Schreiberin.

»Und wissen Se, wat ick jemacht hawe darofhin? Ick hawe zur Verspottung von die doofen Bullen da unten off de Mauer jetanzt! Die waren so perplex und verjaßen zu schießen. Und jesungen hab ick: Off der Mauer, off der Lauer tanzt der kleene Hans! Ick heeße Hans, wie Se hoffentlich mitjeschriem ham. Und denne sprang ick inne Freiheit …«

Offenbar hatte das Medienmädchen noch einen Termin. Denn auf einmal klappte sie trotz der durstigen Blicke Nowacks ihren Block zu. Sie schwebte zu Olli nach vorn, um ein Wasser, neun Bier und elf Braune zu bezahlen.

»Hören Sie«, murmelte Gustav Merks. »Sie glauben dem Mann doch kein Wort?«

Sie sah ihn befremdet an. In diesem Augenblick schwankte Nowack zum Tresen.

Er lallte: »Übrijens jibt et'nen dokumentarischen Beweis für die Wahrheit meinet Berichts. Ziehen Se ma aus Ihrem Archiv die heute-Sendung im ZDF vom fuffzehnten Aujust einundsechzig. Da isser drinne, mein Tanz off der Mauer.«

»Sehen Sie«, meinte Merks, »jetzt hat er seinem Mist den Deckel aufs Fass gesetzt.« –

Was meinte der Kommissar?

50. GIFT IM LITSCHI

Die Flasche mit der lächelnden Chinesin auf dem Etikett war unter den Clubtisch gerollt. Ihr ausgelaufener Inhalt bildete einen aromatisch duftenden Fleck auf dem Teppich. Vielleicht hatte Puhlfürst die Flasche mit dem Litschi-Likör im Todeskampf herabgestoßen, so wie das zersplitterte Weinglas. Claudius Puhlfürst lag verkrümmt in einem der ausladenden Ledersessel, tot. Draußen sang eine Amsel ihr Abendlied.

Schimunek, Juniorpartner der Detektei Puhlfürst und Schimunek, hatte nach seiner Rückkehr aus der Stadt die Leiche entdeckt und sofort die Polizei alarmiert. Schon nach einer Viertelstunde erschien der gemütliche Kommissar Merks, den die Privatdetektive von gelegentlichen Auftritten vor Gericht kannten. »Meine Techniker«, monierte er, »lassen sich heute verflixt viel Zeit, und auch die Leichenbeschauerin war schon mal früher am Tatort. Na, dann berichten Sie knapp, was hier los war.«

»Ein Litschi gefällig?«, fragte der im schwarzen Anzug Ehrbarkeit ausstrahlende, aber wie süßlicher Chinawein lächelnde Junior. »In der Küche haben wir genug davon, es war Puhlfürsts Lieblingsgesöff.« Merks schüttelte den Kopf. »Gut, ich erzähle so knapp wie möglich. Sie wissen, dass ich in der Firma immer der Schnüffler und Straßenköter war und er der listige Haustiger. Wir gerieten deshalb oft in Streit, zumal alles Finanzielle über seinen Tisch lief. Im Grunde hassten wir uns wie Hund und Katze. Er betrog mich um meine Anteile, und ich ermittelte einige unsaubere Dinge aus seiner Vergangenheit. Puhlfürst arbeitete ja früher als stahlharter Staatsanwalt. Er wusste, dass ich ihn in der Hand hatte …«

»Sie wollten kurz berichten«, erinnerte der Kommissar. Er setzte sich der Leiche gegenüber in den freien Sessel. »Was lief heute?«

Er habe den Alten, erklärte Schimunek, um die längst fällige Erstattung von Spesen gebeten. Der Senior schrieb ihm auch einen Scheck, allerdings nur über die Hälfte der Summe. Um die Übergabe kollegial zu besiegeln, ging der Alte in die Küche und kehrte von da mit zwei bereits eingeschenkten Gläsern zurück. Schimunek war stutzig geworden, weil der andere dafür so lange gebraucht hatte. Seine Vermutung, dass Puhlfürst Gift – wahrscheinlich eine Substanz aus dem kleinen Fotolabor – in eins der Gläser gemischt hatte, bestätigte sich. Er erkannte einen trüben Bodensatz im Glas. Blitzschnell ergriff er den Schwenker und schloss ihn im Wandsafe ein. Er erklärte offen, dass das sein Faustpfand für die Polizei sei, falls der Alte wieder einen Anschlag plane. Und die Zahlenkombination des rasch verriegelten Schlosses verriet er nicht. Nun schrieb ihm Puhlfürst einen Scheck aus über die volle Summe. Winselnd bat er, das mit dem Giftglas im Safe rückgängig zu machen, doch Schimunek blieb hart. Ja, und dann holte er sich die Litschiflasche und ein frisches Glas aus der Küche. Er goss sich ein und stieß mit seinem Geschäftspartner an, und sie tranken beide die Gläser leer. Vier Stunden blieb Schimunek in der Stadt, auch, um den Scheck zur Bank zu bringen. Als er zurückkam, fand er den Alten tot. »Sicher hat er sich in unsäglicher Angst mit dem Gift aus unserem Labor das Leben genommen«, vermutete Schimunek.

»Öffnen Sie den Safe«, sagte Merks. Vorsichtig hob er das volle Glas heraus und hielt es gegen das Licht. Dann meinte er: »Ich glaube, Sie haben in Ihrem Bericht eine Kleinigkeit vergessen. Und das gibt mir das Recht, Sie unter Mordverdacht zu verhaften.« –

Welche Kleinigkeit meinte der Kommissar?

51. FLIEGENDE MESSER

Nach Popcorn, Sägespänen, Schweiß und den Exkrementen zahlreicher Huftiere roch es in der Manege und – nach Blut. Während der Nachmittagsvorstellung war Diana, die bildschöne Partnerin des Messerwerfers, von einer Klinge zwischen die Augen getroffen worden. Nun lag sie vor dem Indianerpfahl, an den sie bis vor kurzem gebunden war, im grellen Licht des Kuppelscheinwerfers, tot. Das Publikum war bereits draußen, und die Techniker sicherten Spuren.

Kommissar Merks verließ den Schauplatz der grausigen Tat. Er stapfte durch Sand und Späne in die Umkleidekabine, wo schon zwei Männer auf ihn warteten. Am Fenster stand Faber, ein für die Zirkusbranche ungewöhnlich intelligent ausschauender Brillenträger in mittleren Jahren. Ihm gehörte das Fahrunternehmen.

Auf einem der grün und gelb angepinselten Elefantenhocker hielt Riemann den graulockigen Kopf in den Händen und schluchzte. Er hatte sich vor knapp einer Stunde in den Stand eines Witwers geworfen. Denn Diana, die zweite Hälfte des Messerwerferpärchens, war seine Ehefrau.

»Hören Sie auf zu heulen, Riemann! Unterlassen Sie das bitte!«, zischte Faber hypernervös von seinem Fensterplatz aus, von dem man auf bunt beleuchtete Marktbuden blickte.

»Warum«, fragte Merks, der eben in dem niedrigen Türrahmen erschien, »sollte er nicht trauern? Schließlich ist ihm nicht nur die Gattin, sondern auch die Chance abhanden gekommen, jemals wieder als Messerwerfer engagiert zu werden.« Er setzte sich auf den zweiten Schemel.

»Warum? Sie fragen noch: Warum? Weil dieser miese Artist hier mindestens drei Jahre lang die Nummer mit den verbundenen Augen zelebriert, nicht nur in meinem Zirkus. Und ausgerechnet heute jagt er ihr das Messer in den Kopf! Dafür gibt es Gründe, und ich spreche offen den Verdacht aus, dass …«

»Ganz ruhig«, bremste der beleibte Kommissar. »Erklären Sie mir die Wurfnummer.« Er erfuhr, dass sich Riemann vor dem letzten Wurf von einer Person aus dem Publikum die Augen verbinden ließ, die vorher noch die Undurchsichtigkeit des Tuches prüfte. Dann musste er unter Trommelwirbeln die letzte Klinge haarscharf über Dianas Kopf ins Holz schleudern.

Die Tür schwang auf. Urplötzlich sprang der noch geschminkte Clown herein. »Erb mein Name!«, kreischte er mit blecherner Stimme. »Genannt Rolando, der Meisterclown! Ich möchte aussagen, Herr Kommissar – jetzt!« Riemann hob das Gesicht aus den Händen. Faber pumpte eine Zornesfalte auf die Stirn. »André, also der Riemann hatte vor der Vorstellung mit Diana Zoff, hä! André war dagegen, dass sich Diana neue Stiefel gekauft hat. Oder hat sie vielleicht ihr Liebhaber, der Herr Direktor, bezahlt? Hahaha!«

Blitzschnell hüpfte das schillernde Gespenst wieder hinaus. Merks holte tief Luft. Dann meinte er: »Ein Motiv für Sie, Herr Riemann, Ihre Frau aus Wut zu erstechen. Aber auch ein Motiv für Sie, Herr Faber, Ihrem Artisten Mordabsichten zu unterstellen. – Sagen Sie endlich was, Riemann.«

»Ich habe es schon vorhin zu Protokoll gegeben. Es war ein Unfall. Gut, vielleicht war ich etwas zittrig nach dem Streit wegen der neuen Galoschen. Diana zog sie gegen meinen Willen in der Garderobe über …«

»Wie sahen die alten Stiefel aus?« Mit müder Geste zeigte der Messerwerfer in eine Ecke, wo verschiedenes Schuhwerk stand. Merks hob ein Paar Damen-Cowboystiefel hoch und betrachtete sie genau.

»Die silbernen?«, fragte er.

Riemann nickte.

»Dann bin auch ich eher der Auffassung, dass es kein Mord war, sondern ein bedauerlicher Betriebsunfall«, war sein verblüffender Kommentar. – Was entdeckte Merks?

52. WAFFEN FÜR DIE INSEL

Bevor Gustav Merks den Hörer abhob, blickte er auf das Zifferblatt über der Tür. Das zeigte zehn Minuten vor einundzwanzig Uhr. Draußen begann die Stadt im dichten Schneefall einzuschlafen. Er fragte, obwohl er die Antwort wusste: »Wie spät ist es bei dir?«

Pötzschs Stimme war trotz der zwanzig Flugstunden Entfernung gut zu verstehen. Er grunzte halb lachend: »Neun Uhr früh. Aber ich habe schon Donnerstag, während auf deinem Kalender noch Mittwoch steht.«

Vieldeutig bemerkte der Kommissar: »Du warst mir immer mindestens einen Tag voraus.«

Früh um neun also. Er sah den kräftig gebauten Pötzsch unter Palmen sitzen, wie er sich die dichtbehaarte Brust kratzte und den ozeanischen Sommer mit einem riesigen Ventilator abwehrte, dessen Stromkabel in das geräumige Holzhaus hinter ihm lief. Merks hatte Fotos gesehen. Der Klassenfreund war einer der erfolgreichsten Unternehmer der Region geworden. Für den Rest des Lebens hatte er sich eine Insel gekauft, irgendwo vor Savusavu. Das konnte man ja noch aussprechen, den genauen Inselnamen aber nicht. Dort jedenfalls hatte der infarktgefährdete Durchreißer mit seiner Yuki endlich den Frieden fürs Alter gefunden. Nicht ganz: Sonst hätte Pötzsch nicht innerhalb der letzten Tage schon mehrmals um den polizeilichen Rat des Freundes gebeten. Wie überall auf der Welt gab es auch auf den Fidschis böse Nachbarn. Genau so ein aggressiver Mitmensch, Ivan mit Vornamen, war auf die Nebeninsel gezogen, kroatische Rotlichtmafia ehemals und nun wie Pötzsch im Ruhestand.

»Meine Bodyguards«, berichtete Pötzsch mit verärgertem Lachen im Unterton, »haben das Motorboot in der Nacht abgefangen. Ein Versorgungsschiff für Ivan. Du weißt, dass wir auf

Seelieferungen aus zig Kilometer Entfernung angewiesen sind. Der Bootsführer ist ein Einheimischer. Der hockt jetzt hier, in meiner Sichtweite, im Sand und spielt mit einem Bumerang. Angeblich versteht er weder Englisch, noch weiß er was über seine Auftraggeber. Ich vermute, dass er für Ivan Waffen im Gepäck hat. Eine von Ivans Frauen flüsterte was von einer codierten Bestellung mehrerer Kalaschnikows und Handgranaten. Hör zu, Gustav! Wenn ich das Boot bis auf die letzte Transportkiste filze, kriege ich Probleme mit dem demokratischen Fidschistaat. Es dauert viel zu lange, und Ivan wird mich wegen Piraterie belangen. Finde ich die heiße Ware aber schnell, könnte ich ihn nach Kroatien zurückpfeifen lassen.«

»Was hat der Bootsmann denn geladen?«

»Ich lese dir mal das Frachtpapier vor und übersetze.«

Merks hörte Papierknistern. Es war wirklich eine ausgezeichnete Verbindung.

»Container leer 100 Kilo. Gesamtgewicht Container voll 1800 Kilo. Nun folgen die einzelnen Frachtstücke. 5 Kühlschränke 1100 Kilo. 1 Tresor 80 Kilo. 3 Fernseher 150 Kilo. 6 Sonnenliegen 120 Kilo. Ha! Und hier was Kurioses: Ivan scheint Vater geworden zu sein. For twins? For twins? Was heißt das gleich? Ah – ja! Das ist ein Zwillingskinderwagen. Allerdings gibt es dafür keine Gewichtsangabe. – Was meinst du, Gustav? In welchem Frachtgut würdest du die Waffen vermuten?«

Merks schmunzelte. Es sind immer die gleichen Tricks, dachte er. Die mit den Särgen, die mit den Kühlschränken, den Gefriertruhen und den Kinderwagen. »Filze die Zwillingskutsche«, riet er dem Freund. –

Warum?

53. GEISEL IM NACHTEXPRESS

Der Zugbegleiter hatte dem Lokführer eine merkwürdige Beobachtung geschildert, die er beim routinemäßigen Gang durch die schwach besetzten Waggons gemacht hatte. Der Lokführer verständigte sofort die Polizei.

»Hier spricht der Lokführer vom Nachtexpress 2034, Herrmann mein Name«, vernahm Kommissar Gustav Merks, der Nachtdienst hatte, aus dem Hörer. »Wir befinden uns auf der Fahrt von München nach Berlin und haben Leipzig vor elf Minuten planmäßig verlassen. Mein Kollege Johanson hat durch einen Spalt zwischen den Vorhängen am zweiten Abteil nach der Toilette von Wagen Nummer 31 gesehen, dass dort eine gefesselte und wahrscheinlich betäubte junge Frau sitzt, Augen, Mund und Ohren mit Paketband verklebt. Das Abteil ist mit Dreikant verschlossen. Wir nehmen an, dass einer der dreiundzwanzig Zugpassagiere mit der Frau in Beziehung steht, und haben das Abteil zunächst nicht geöffnet.«

»Weise Entscheidung«, quittierte Merks knapp. »Haben Sie zufällig noch eine Dienstuniform?«

»Ist vorhanden.«

»Stoppen Sie den Zug und geben Sie über die Lautsprecher was von Bauarbeiten durch. Wir kommen, so schnell wir können. – Wo befinden Sie sich?«

Merks, Arnold und Hauptkommissar Rose Geppard tauchten aus dem Dunkel der Landstraßen auf. Sie bestiegen die Lok. Da der Eisenbahneranzug klein und schmal war, kamen weder der kugelbäuchige Kommissar noch der Hüne Arnold dafür in Frage. Rose Geppard veranstaltete eine unverfängliche Fahrkartenkontrolle. Es stellte sich heraus, dass die Mehrzahl der Reisenden aus München kam, ein Pärchen in Fulda zugestiegen war und nur ein Passagier auf der letzten Station in Leipzig.

Der Zug ruckte an. Über die Tonanlage entschuldigte sich der Mann im Führerstand für die entstandene Verspätung. Merks und Arnold schlenderten wie müde Fahrgäste durch die Gänge. Blitzschnell befreiten sie in Wagen 31 die Geisel. Inzwischen sicherte Rose Geppard im Eisenbahnerdress den Zugriffsort. Das blutjunge Mädchen aus Tschechien sprach kaum Deutsch. Ihren Worten war jedoch zu entnehmen, dass sie vom »deutschen Freund« zu dieser Reise veranlasst wurde. Angeblich konnte er ihr Arbeit in einem Berliner Hotel verschaffen. Ganz plötzlich habe er sie gefesselt und ihr Mund, Augen und Ohren verklebt. Einen langen Mantel habe er ihr noch übergehängt, den aber konnte sie wegschieben. In Leipzig sei dann ein Kerl zugestiegen und habe mit ihrem Freund darüber verhandelt, wie viel »die Ware wert sei«. Dabei wurden ihr kurz die Klebestreifen abgerissen.

»Sind Sie sicher, dass der Kerl, der offenbar ein Bordellbetreiber ist, in Leipzig zustieg?«, fragte Merks.

Das Mädchen bestätigte das ausdrücklich. Denn obwohl ihr alle Gesichtssinne geraubt waren, habe sie doch genau gespürt, dass der Zug eben Leipzig verlassen hatte. »Greifen wir uns den Mann mit der Leipziger Fahrkarte«, sagte der Kommissar. –

Wie vermochte die Geisel den Halt zu erkennen, ohne hören und sehen zu können?

54. DIE LETZTE DUSCHE

Von Monika Schülpe, der allzeit zu deftigen Scherzen aufgelegten Rechtsmedizinerin, war die Meldung gekommen, in der Zehmickestraße 1 liege eine weibliche Person, 33, in der Dusche. »Nein, nicht Föhn«, hatte die schon zum nächsten Ereignis gerufene Ärztin am Telefon erklärt, »sondern Aufprall einer stumpfen Materie am Hinterkopf. Soll laut Lebenspartner die Badewannenkante gewesen sein, sieht mir aber eher nach Hammerstiel oder ähnlichem aus. Na, du findest das schon heraus, Gustav.«

Beim Betreten des zweistöckigen Altbaus empfing Gustav Merks eine kleine Mieterdelegation. Im Erdgeschoss raste dem Kommissar mit dem vertrauenerweckenden Bauch eine temperamentvolle Schäferhündin vor denselben. Er streichelte das liebesbedürftige Tier flüchtig, grüßte kurz, wollte hoch in den ersten Stock, wurde aber aufgehalten. Eine Dame mit dicken Brillengläsern, die sich ungefragt als Frau Hännemann vorstellte und offenbar die Mietersprecherin war, berichtete ausführlich, wie oft sich der Herr Moringer und seine um ein Erkleckliches jüngere Freundin lautstark gestritten hatten. »Auch Gegenstände habe ich poltern hören, auch heute Abend!« Im Übrigen trage die junge Schlampe immer das teuerste Zeug, das sich der Herr Moringer bei dem schmalen Verdienst als Bundesbahndisponent gar nicht leisten könne, Gott sei ihrer Seele gnädig.

Die Tür zum Ereignisort stand angelehnt. Gustav Merks schritt durch in den Baderaum, wo bereits zwei seiner Techniker hantierten.

Die Tote lag, nicht einmal mit einer Duschhaube bekleidet, in etwas unnatürlicher Verkrümmung, aber ansonsten durchaus mit Fotomodellqualitäten zwischen Wanne und davon getrennter Duschkabine. Ihre Hochsteckfrisur fiel auf, wie überhaupt die prächtig glänzenden schwarzen Haare. Die Wunde am Kopf störte die Harmonie des Bildes ein bisschen, doch Blut war hier wenig geflossen.

Im Wohnzimmer, das auf die in idyllischer Abendruhe liegende Nebenstraße hinausging, erbrach sich der Lebensgefährte aus dem Fenster.

Kommissar Merks räusperte sich höflich. »Wenn Sie so freundlich wären, Platz zu nehmen, Herr Moringer.« Sie fielen beide schwer in die nicht mehr ganz neuen Ledersessel.

»Sie hatten also wieder einmal Streit?«

»Wieso wieder einmal?«, fauchte der mit einem roten Bademantel bekleidete Mann, dessen bravem Beamtengesicht man gar kein Fauchen zutraute. Gleich danach rutschte er in sich zusammen, er gestand kleinlaut: »Ja, es gab eine … Auseinandersetzung mit Ilonka.«

Seine Kleidung musternd fragte Merks: »Sie waren dabei, als der Unfall im Bad geschah?«

»Leider nicht. Sonst wäre ja vielleicht gar nichts passiert, und ich hätte Ilonkas Sturz aufgefangen. Es war so, dass ich vom Dienst nach Hause kam und gleich unter die Dusche ging. Sie war nicht da. Ich wunderte mich, denn eigentlich hat um diese Zeit das Abendbrot auf dem Tisch zu stehen. Kurz darauf erschien sie gutgelaunt, als ich gerade das Bad verließ. Ich sah, dass sie eine ausgefallene Frisur trug. Und sie hat als Hartz-IV-Empfängerin nun mal nicht gerade das große Geld. Ich fragte, was der Friseur gekostet habe. Einen Hunderter, hat sie schnippisch erklärt. Und sich die Kleider in aller Ruhe abgestreift, mit so provozierenden Gesten, wissen Sie. Ich bin völlig ruhig geblieben, und sie hat erklärt, nun wolle auch sie erst mal unter die Dusche. Kurz darauf hörte ich aus dem Bad ihren letzten Schrei.«

»Sie lügen«, stellte Gustav Merks fest. »Denn …« –

Was etwa sagte der Kommissar weiter?

KOMMET, VERBRECHER, IHR MÄNNER UND FRAUN

55. NASENBRUCH ZUR WEIHNACHTSZEIT

Begegnest du einem ehemaligen Kollegen über Jahre nicht, dann kann es geschehen, dass du ihn in kurzem Abstand gleich zweimal triffst. Denn häufiger als das, was schlichte Leute den Zufall nennen, bestimmt die Wahrscheinlichkeit unser Leben. Um die ging es auch, als Kommissar Gustav Merks seinen ehemaligen Mitstreiter Privatdetektiv Torben Wolf wiedersah, nachdem er ihm zwei Wochen zuvor zu einem illustren Auftrag verholfen hatte.

Der kugelrunde Merks im offenen Wintermantel und der offenbar kältegefeite Wolf im smarten Maßanzug wärmten sich an Glühweintöpfchen mitten auf dem Weihnachtsmarkt die Finger. Rundum fluteten kauflustige Vorweihnachtsbürger, und Wolf trug quer über dem Nasenbein ein dickes Pflaster.

»Arbeitsunfall?«, grinste Merks. Der Ex-Kommissar nickte verschämt.

Mehrere Dealerbanden, hatte der Detektiv herausbekommen, planten so etwas wie eine Betriebsweihnachtsfeier. Der Ort war ein Diskokeller, den nur Eingeweihte kannten. Den Einlass hatten die Berufsverbrecher auf die Mitternachtsstunde gesetzt. Auf der Straße wandelten zwei bullige Aufpasser auf und ab. Sie ließen nur die herein, die sich nach kurzem Wortwechsel als geladene Gäste auswiesen.

»Ich hatte ja schon immer das beste Gehör, wie du weißt. Also besah ich mir in der Nähe der Tür ein Schaufenster. In ein Notizbuch schrieb ich mir die Preise der ausgelegten Schmuckwaren, so, als wollte ich meiner Frau zum Fest eine Kette kaufen. Außer mir, den Türstehern und den in unregelmäßigen Abständen herbeilaufenden Partygästen war die Straße menschenleer.«

»Ziemlich todesmutig«, schmunzelte Merks.

»Durch genaues Zuhören bekam ich mit, dass es einen Code

gab, den die Türsteher mit den Ankommenden tauschten. Der Partybulle nannte eine Zahl, und der Gast antwortete mit einer anderen. Ich machte mir fleißig Notizen. Dem Ersten schnarrte der Einlasser entgegen: 36. Der antwortete: 15. Dem Nächsten nannte der Bulle die Ziffer 16. Er erhielt 8 zur Antwort. Danach kam einer, dem die 28 zugeraunt wurde. Wie ich erwartete, sagte der Angesprochene 14. Nun schien das Prinzip klar. Denn als wieder einer kam und der Cerberus 8 murmelte, hätte ich selbst antworten können wie er, nämlich mit 4. Das ist ja billiger als der Code einer Kindergang, dachte ich. Weil ich nun schon viel zu lange herumgestanden und bereits das Misstrauen des einen Schlägers auf mich gezogen hatte, trat ich rasch auf ihn zu.

12!, bellte er mich an. Ich war schon dem Gähnen nahe und gab zur Antwort: 6! Naja, das Ergebnis siehst du. Obwohl ich das Prinzip des Codes befolgt hatte, ließen mich die Kerle nicht etwa ein. Blitzschnell zerrten sie mich nach innen. Sie warfen mich die Kellerstufen hinunter und dann wieder hinauf. Mein Nasenbein ist gebrochen …«

Genüsslich trank Merks den Rest des Glühweins. »Du hättest mit 5 antworten müssen«, meinte er.

»Aber warum bloß?«, staunte Ex-Kommissar Wolf und blickte dem grußlos Davongehenden verdattert hinterher. –

Ja, warum wohl?

56. LIEBE UND PETROLEUM

Klein Richard, der Neffe von Kommissar Gustav Merks, inzwischen im Gymnasialalter, hatte Besuch von einer Verehrerin aus der Parallelklasse. Nathalie hieß das wohlerzogene Wesen mit Interesse für die Schauspielerei. Erstmals begegnete ihr der Kommissar in Richards Jugendzimmer. Die Mutter jobbte im Hotel, und Richard war der Hausherr. Mit Nathalie hockte er vor dem Computer. Merks, der einen Schlüssel zur Wohnung besaß, betrat den Raum leise.

»Wünsche einen wunderschönen Advent!«, tönte er von der Tür aus. Das junge Ding ging sofort neben dem Sessel zu Boden und schrie. Mit angstgeweiteten Augen starrte es in das nur von einer Kerze erleuchtete Zimmer.

Später stellte der Neffe mit geschwellter Brust seine Eroberung vor, sie kamen zu dritt ins Plaudern. Thema war der für das nächste Wochenende geplante Ausflug der Teens in eine Skihütte in den Bergen. Mutter wollte sie Donnerstag hinfahren – der Freitag war schulfrei – und am Sonntag nach dem Dienst wieder abholen. »Denk dir bloß, Onkel, die Baude steht dort schon seit hundert Jahren, hat nicht mal Stromanschluss!«

Mit rollenden Augäpfeln ergänzte Nathalie: »Wie romantisch!«

Als die artige Jungfer heimgegangen war, fragte Richard: »Na, wie gefällt dir meine Sahneschnitte?«

Merks wiegte den dicken Schädel, fragte zurück: »Was findet sie toll an dir?«

Prompt kam: »Die Lust am Abenteuer. Also, dass ich nicht ideenfaul bin eben!«

Worauf der Onkel meinte: »Voller Ideen steckt deine Flamme auch. Aber sie scheint mir alles andere zu lieben als das Abenteuer.«

»Wie meinst du das?«

Merks kräuselte seine Spürnase. »Sie gehört zu den Weibsbildern, die sich schick finden, wenn sie ihre Angst ausleben. Hoffentlich geht dir ihr gepflegter Schiss nicht bald auf die Nerven.«

Klein Richard winkte ab mit einer Geste, die etwa heißen sollte: Ich bin der Chef. Und lachte.

Am Freitag erreichte den Kommissar eine lange SMS. Die Baude sei wunderbar, schrieb der Neffe, aber über Nacht eingeschneit. Unmöglich, ins Dorf zu laufen und etwas zu besorgen. Lebensmittel und Wasser wären genügend da. Doch das Petroleum für die Hüttenlampe sei fast alle. Nathalie mache die Dunkelheit wahnsinnig, sie heule vor Angst. Nun wollte Richard wissen, was er tun könne, wenn es wieder finster würde. Denn der Docht sei kürzer geworden und erreiche kaum mehr das Petroleum in der Lampenschale … Nathalie, schrieb er noch, sei echt meganervig gestrickt.

Merks schob Bereitschaftsdienst im Präsidium. Außer einer Gruppe von Fußballschlägern, die er noch verhören musste, drückte ihn wenig Arbeit. Also simste er dem Neffen schmunzelnd zurück: »Denk an den Chemieunterricht und das verschiedene Gewicht der Stoffe.«

Little Richard antwortete mit einer Frage. »Selters oder Schneewasser?«

Wieder lächelte der Kommissar, wie immer stolz auf seinen Neffen. Die Antwort, die er versandte, lautete: »Kannst auch ihre Rührkügelchen nutzen.« – Was bedeutete der seltsame Dialog von Onkel und Neffe?

57. RUND UM DEN ADVENTSKRANZ

In der Nacht zum ersten Advent schrillte plötzlich das Telefon. Gerade hatte Merks die erste Kerze auf dem ruppigen Adventskranz angebrannt, der im Flur des Präsidiums hing. Am Ende des Ganges standen die Uhrzeiger auf fünf Minuten nach zwölf. Der Kommissar stolperte von der Leiter und lief ins Büro.

»Hier ist Stefan Lenz«, hauchte die deprimierte Stimme eines jungen Mannes ins Telefon. »Lenz im Wichtelmannweg vier.« Der Kommissar entsann sich, dass es da schon einmal ein ungeklärtes kriminelles Ereignis gab. Vor zwei oder drei Jahren hatte der junge Lenz, der mit der Mutter allein im Häuschen lebte, die alte Dame heftig verprügelt. Nicht nur, dass Frau – wie war doch gleich ihr wunderlicher Vorname? Ach, ja! – also dass Frau Miranda Lenz einen Tag im Krankenhaus verbringen musste. Es hatte sogar Anzeichen dafür gegeben, dass die Attacke auf das Leben und eine beträchtliche Erbschaft zielte. Allerdings lehnte die Geschädigte eine Anzeige strikt ab.

»Meine Mama ist verstorben«, stotterte Lenz. »A-an Herzversagen. Kommen Sie schnell.«

Warum muss ich schnell kommen, wenn sie schon tot ist?, dachte der Kommissar. Aber er wusste, was sich gehört, und sagte kommentarlos zu.

Das geräumige Wohnzimmer erinnerte irgendwie an die aufwendige Dekoration für das Bühnenstück Dinner for one. In Socken stand Gustav Merks auf dem teuren Teppich und betrachtete kurz die glitzernden Vitrinen mit der Überfülle von Porzellanfigürchen und künstlichen Blumen, die in Kristallvasen steckten. Aus schimmerndem Kristall bestand auch der gewaltige Kronleuchter über dem Tischoval, dessen Glanz den einer brennenden Kerze auf dem Tisch überstrahlte. Diese klemmte in einem Fichtenkranz darunter und hatte etwa die gleiche Höhe wie die drei noch unangezündeten Lichter mit ihren unberührten Dochten. Im Übrigen lagen rund um den Nadelkranz auf kostbaren Geschirrteilen Reste von Braten, Pastete sowie der grauhaarige Kopf der alten Frau.

Miranda Lenz schien vornübergekippt zu sein. Dass sie nicht aus dem behaglichen Ohrensessel gerutscht war, hatte seinen Grund in ihrer beachtlichen Leibesfülle.

Jetzt scheuchte der Sohn hinter ihr irgendeine unsichtbare Spinnwebe aus der Luft und erklärte: »Mama durfte eigentlich nicht so viel essen, aber sie wollte das Viergängemenü unbedingt. Ich mahnte: ›Mama, pass auf! Dein Herz!‹ Auf einmal war sie tot. Verzeihen Sie den Ausdruck, Kommissar. Sie hat sich überfressen.«

»Sie haben keinen Arzt gerufen?« Merks schüttelte den Kopf und zog sein Handy. Der Notdienst versprach, in Kürze da zu sein. Aber auch so sagte dem Kommissar die Erfahrung, dass die alte Dame nicht mehr lebte. Er vermutete, dass sich in einer der Speisen Gift finden würde. »Und nun erzählen Sie mir mal, bis der Leichenbeschauer kommt, wie Ihr Abendessen verlief, und vergessen Sie kein Detail.«

»Also zwanzig Uhr habe ich den Tisch gedeckt und die Adventskerze angebrannt. Dann …«

»Lenz!«, unterbrach ihn Merks. »Eben haben Sie mir eine faustdicke Lüge aufgetischt.« –

Welche?

58. HERZ IM STIEFEL

Am Nikolaustag erschrak die fünfundvierzigjährige, doch dank kosmetischer Hilfe immer noch wie dreißig aussehende Chefsekretärin der Transportfirma Zaumseil GmbH. Als sie in der Frühstückspause in die vor die Bürotür gestellten Schaftstiefel schlüpfen wollte, fuhr es Marina Meyer wie ein Stich ins Herz. Ein solches, nämlich ein Herz aus Pappe, steckte in einem der Stiefel. Sie zog das mit blutroter Acrylfarbe angepinselte Kartonteil heraus und wunderte sich, dass die Rundungen ziemlich unsauber ausgeschnitten und am linken Herzbogen gar hässlich ausgefranst waren, als hätte ein ungeschicktes Kind die Schere geführt. Das Gefühl von Hässlichkeit und Bedrohung, das sie instinktiv verspürte, setzte sich fort, als sie die mit weißen Buchstaben aufgetragene Schrift auf der Pappe las: »Dein Herz wird stille steh'n, willst du mit Olaf geh'n.«

»Wer ist Olaf?«, fragte der gemütliche Kommissar Merks, dem sie acht Tage später im Polizeibüro gegenübersaß.

»Mein Verlobter«, hauchte Marina mit belegter Stimme, »und wir werden Weihnachten heiraten. Das bringt natürlich einige Leute in meinem Betrieb auf die Palme. – Es ist doch klar eine Morddrohung, Herr Kommissar?«

Das plump ausgeschnittene Herz lag zwischen ihnen auf dem Tisch.

»Man könnte es so auslegen«, meinte Merks. »Aber das kommt ganz darauf an, was Sie mir noch dazu erklären wollen, Frau Meyer.«

Von Wollen konnte man bei dem nun folgenden Bericht der Sekretärin kaum reden. Sie zierte sich wie ein minderjähriges Mädchen. Dank der Geschicklichkeit des erfahrenen Ermittlers kam am Ende heraus, dass die bedrohte Dame nicht nur mit einem Kollegen der Firma, sondern auch mit Bernd Zaumseil, ihrem verheirateten Chef, ein Verhältnis gepflegt hatte. Beim geduldigen Zuhören stellte sich Gustav Merks alle diese Männer auf der Spitze einer Palme vor. Olaf freilich – und das musste die Firmenangestellten besonders kränken – war ein Betriebsfremder, der sogar ein Konkurrenzunternehmen leitete.

Als die Palmenspitze gerade zusammenbrach, fragte Merks barsch: »Als Hauptverdächtige nannten Sie mir zwei Männer – Ihren Chef und den Lagerverwalter Nick Besser. In den vielen Jahren haben Sie die Schrift beider Kollegen oft gesehen. Da es sich aber um Druckbuchstaben handelt, die außerdem mit der linken Hand gepinselt sind, würde ich gern noch einige Details über Ihre ehemaligen Liebhaber erfahren.«

»Nun …« Marina zauderte erneut. »Beide belästigen mich jeden Tag. Der Chef mit zynischen Bemerkungen … Und der Nick hat mich am dritten Dezember in der Lagerhalle beinahe vergewaltigt! Er ist leider so brutal geworden, weil er ohne mich jetzt so allein ist vor Weihnachten … Aber jeder Mann hat eben seine Vorzüge und Schwächen. Bernd leidet beispielsweise darunter, dass er Linkshänder ist.«

»Dafür«, überlegte der Kommissar laut, »hat er allerdings eine ausgezeichnet lesbare Schrift. Aber es gibt ein viel wichtigeres Indiz, dass er es gewesen ist, der Ihnen das Herz in die Schuhe geschoben hat.« –

Welches?

59. ADVENT IM KAUFHAUS

Der Advent, die Hauptarbeitszeit der Taschendiebe, war gekommen. Lieblich flackerten zwei Kerzen auf dem Kranz der Kommissarin. Rose Geppard hatte heute dienstfrei.

Ausgiebig hatte die sportliche Frau am Morgen ihren Hometrainer bewegt. Für ein Jogging rund um die Siedlung kam das Wetter zu unfreundlich daher. Ein Freund wollte zu Besuch kommen, war aber ausgeblieben. Kein Grund für Traurigkeit, fand sie, und stellte den Fernseher an. Das Getöne der frömmelnden Chöre freilich war deprimierend. Warum wollten vor Weihnachten alle christlich werden?

Mittag war es, als Rose Geppard beim Verzehr einer herzhaften Bratwurst mit Sauerkraut die Sonntagszeitung hinter dem Teller aufblätterte. Beim Lesen der Annoncen kam ihr die Idee: Ich werde den Tag für Weihnachtseinkäufe nutzen! Mutter brauchte eine Lederjacke, Vater vielleicht eine neue Bruyérepfeife. Die alte war schon ganz schwarz geraucht. Schon hatte sie das Mäntelchen mit dem zu ihrem roten Pony ausgezeichnet passenden Zobelkragen übergezogen, die Handtasche untergefasst und saß Sekunden später im Auto.

Im Kaufcenter winselten die Engelchöre. Alle, die jetzt so brünstig von Jesulein zart singen, dachte Rose, sollten wenigstens ihren Taufschein vorlegen, um zu beweisen, dass sie an Jesu Geburt aus dem Jungfrauenschoß glaubten. Aber was für ein Beweis war das schon … Das Pfeifchen für Vater fand sich schneller, als sie dachte. Es war ein edles Stück, genauso gut wie im Spezialladen, bloß billiger. Rose war zwar Verbrecher-, doch keine Schnäppchenjägerin. Also machte sie keine großen Umstände, als sie zwei infrage kommende Lederjacken sah, eine hellbraun, die andere ins Weinrot gehend. Beide Jacken über dem Arm, schritt sie zur Kabine. Mutter hatte die gleiche Figur und Größe wie sie. Sie stellte die Handtasche auf den Boden, probierte beide Jacken an, drehte sich vor dem Spiegel. Dann entschied sie sich für die helle. Glück muss man haben, dachte sie, dann geht alles rasch.

Plötzlich sah sie Finger, die ihre Handtasche nach draußen zogen. Sie riss den Vorhang zurück, sprang gegen drei ihr mit dem Rücken zugewandte alte Frauen. Schob die beiseite, stieß einen Mann mit Kind auf den Schultern fast um. Die Diebin – denn es waren schmale Frauenhände gewesen! – war in der Menge verschwunden. In der Tasche steckten Pass und Fahrerlaubnis, eine vorgestern bezahlte Telefonrechnung. Gott sei Dank, nicht der Dienstausweis. Auch die Fahrzeugschlüssel klimperten in der Manteltasche.

Kommissarin Geppard kannte die Tricks der Diebe. Selbst wenn sie die im Laufschritt aus der Ausgangstür wieselnde Lady mit der verwaschenen Pudelmütze kontrollierte, wusste sie doch, dass die wenigstens eine Komplizin hatte. Die Erste gab der Zweiten blitzschnell die Tasche weiter – und die da vorn hielt das Diebesgut längst nicht mehr unter der Kleidung versteckt.

Sie hängte die Jacken auf den Ständer zurück. Beim Kaufhausdetektiv erstattete sie Anzeige, damit alles seine Ordnung hatte. Aber das war nicht das Wichtigste. Rasch fuhr sie heim, zog unter den Fliesen der Terrasse den Ersatzschlüssel vor.

Im Haus zündete sie statt der gemütlichen Kerzen eine wahre Festbeleuchtung an. Draußen war es noch nicht einmal richtig dunkel. Wie sie es erwartet hatte, klingelte kurz darauf das Telefon. Eine Frauenstimme meldete sich überschwänglich erfreut: »Wir haben die Handtasche gefunden, und da wir noch bis abends geöffnet haben, können Sie sich diese gern jetzt bei uns …« Die Kommissarin fuhr den Wagen bloß bis zur nächsten Seitenstraße, rannte zurück, betrat den Hausgarten von hinten. Kurz darauf erhielt sie Besuch, den sie mit zwei geübten Karategriffen flachlegte. –

Wer war es?

WENN DER ZWEITE GELDSCHEIN BRENNT

»Frau Kumpff schreibt man mit Doppel-f!«, bemerkte Sabine immer, wenn sie den Namen erwähnte. Zum Leidwesen des Kommissars, der seine Freundin selten genug sah, zitierte die Kindergärtnerin diesen Namen ständig. Seit Wochen bereitete die Kita den Empfang dieser entfernten Großtante eines Kindes vor. Immerhin hatte die vermögende Witwe der Einrichtung eine hochherzige Spende von knapp fünfzig Euro gewährt. Dafür wollte sie zu einer kleinen Begegnung mit den Erzieherinnen eingeladen werden. »Mit Kindern bitte nicht«, hatte Frau Kumpff bestimmt. »Dafür sind meine alten Nerven zu schwach.«

Eine Adventsfeier schien genau der richtige Rahmen für den Empfang der Sponsorin. Ein Lichtlabend ohne Kinder also. Schon der Ansatz entbehrte genauso wie der ausgrenzende Wunsch der edlen Gönnerin nicht der Perversion. Die Krone setzte Sabine auf, als sie Gustav Merks bat, zur Feier zu kommen. »Du weißt doch, wie diese in Amerika lebenden Deutschen sind. Alles hat hübsch familiär auszusehen. Die Kolleginnen erscheinen auch mit Mann.«

Lange sträubte sich der Kommissar, ging dann schließlich doch mit. Der Speiseraum war mit Kerzengestecken und Fenstersternen dekoriert. Als der Ehrengast erschien, hätte man ihn fast übersehen. Nichts an der kleinen Person mit hohen Wangen, der Sparkassenbrille und dem Trenchcoat von C & A erinnerte an eine Millionärin. Auch die piepsige Stimme war eher die eines unschuldigen Kindes, jener Spezies also, der heute Abend Hausverbot ausgesprochen war. Man schob ihr ein Samtkissen auf den Kinderstuhl, in den sie im Gegensatz zu den ungelenk dasitzenden Männern hervorragend passte. Frau Hegewald, die Leiterin der Institution, erhob sich neben ihrem Mann (einem fernsehbekannten Schauspieler – eigentlich die Attraktion des Abends!).

Nach einer kurzen Begrüßung stimmte sie »Stille Nacht« an. Nun hatte die Wohltäterin das Sagen. Sie belehrte die Anwesenden darüber, dass ohne die österreichischen Auswanderer das beliebteste Weihnachtslied niemals zu Weltruhm gelangt wäre. Die USA seien eben die USA, und ohne sie liefe in Europa nichts. Hans-Jochen Hegewald trug mit nicht ganz kummerfreier Miene bekannte Christfestverse vor. Dabei wechselte er mit Kommissar Merks zwar nur sekundenlange, aber sehr verständnisinnige Blicke. Geheimcode: Was tut man nicht alles für seine Frau … Daraufhin lobte Frau Kumpff die segensreichen Aktivitäten der amerikanischen Wohlfahrt und hielt ein längeres Referat über die praktische Religiosität der Weltbank. Dem von Sabine persönlich zubereiteten Glühwein gab sie das Prädikat holzig.

Jemand stellte nach dem gemeinsamen Gesang des Adventsevergreens »Wenn das erste Lichtlein brennt« fest, dass die Tischkerzen nicht angezündet waren. Sofort erbot sich der Kommissar zu helfen. Froh, aus dem Kinderstühlchen hochzukommen, zog er beschwingt sein Feuerzeug aus der Tasche. Damit zündete er einen Zehn-Euro-Schein an und brachte, mit dem Fidibus rasch von Kerze zu Kerze eilend, die Gestecke zum Leuchten. Hegewald grinste ihm zu, die Belegschaft staunte. Frau Kumpff gab einen spitzen Schrei von sich. Als der erste Schein verkohlt war, fackelte Merks einen weiteren an. Während dieser zu drei Vierteln verglühte, leuchtete es überall romantisch-adventlich.

Wütend griff sich Frau Kumpff den Rest des Scheins und packte ihn sorgfältig in ein leeres Pfefferkuchenhäuschen. »Blasphemie!«, piepste sie. Ein Wort, das Hegewald, der alte Amerikakenner, mit »Gotteslästerung« übersetzte.

Zu Hause seufzte Sabine: »Naja, das Geld hat sie ja schon überwiesen. Aber was meinst du? Hast du dich mit deiner Schnapsidee nicht strafbar gemacht? Und …« Sie kicherte. »Ich glaube, die Geizkralle wird den Rest des Scheins noch auf der Bank eintauschen. Ob sie einen neuen Zehner dafür kriegt?« –

Was antwortete der Kommissar?

61. TIEFER FALL DES DIREKTORS

In der City war das neue Hochhaus fertig geworden, und es überragte die umstehenden Gebäude um mehrere Stockwerke. Zur Einweihungsparty waren die Mitarbeiter der Bank geladen, die in das Erdgeschoss gezogen war. Klemp, der dynamische Bankdirektor, wollte zur Feier des Tages hoch hinaus: Er rief den Wetterdienst an und mietete nach einer befriedigenden Auskunft, die ihm die Meteorologen gaben, die Dachterrasse.

Der Abend war kühl, doch trocken. Die etwa vierzig Angestellten ließen unter dem Sternhimmel Sektgläser klingen und taten sich gütlich am kalten Büfett. Erbrich und Zwirnmann, das beliebte Duo der gehobenen Tanzmusik, brachte die Damen und Herren in der feinen Abendgarderobe ins Schwitzen.

Etwa um neun hielt Dirk Klemp in einer Tanzpause die zweite Rede des Abends. Die Gesellschaft verhielt sich mucksmäuschenstill. Ziemlich betrunken laberte er allerhand von Aufschwung und Expansion. Er unterließ auch nicht die sattsam bekannten Mahnungen, gerichtet an die Adresse aller nicht so korrekten Belegschaftsmitglieder. Mit Blicken verständigten sich die Zuhörer darüber, wie sie ihren Arbeitsplatz liebten, aber den ungehobelten Trinker am liebsten weghaben wollten. Wusste doch jeder, dass Klemp den ganzen Tag über heimlich pichelte und wahrscheinlich auch jetzt einen Wackelmann mit Hochprozentigem unter der Jacke trug. Endlich blies Erbrich ein alle erleichterndes Saxophonsolo.

Kurz darauf geschah es. Fräulein Soenecken, Klemps devote Vorzimmerdame, stieß einen gellenden Schrei aus. Alle drehten sich in ihre Richtung um. Zitternd umklammerte das alte Mädchen das Geländer und blickte hinab aufs Straßenpflaster. Klemp lag unten, Arme und Beine gespreizt wie ein zerbrochener Hampelmann. Mehr als die Frage, ob er von selbst hinuntergefallen oder von jemandem gestoßen worden war, bewegte alle das, was der Prokurist Gerd Vogt nicht ohne Schadenfreude kundtat: »Da hat er seine Quittung, der versoffene Boss.« Er fuhr schleunigst in die Büroräume des Erdgeschosses und rief von da aus die Polizei.

Kommissar Gustav Merks traf mit Techniker Arnold ein. Vogt führte sie zur Unfallstelle. Noch war die Rechtsmedizin nicht erschienen, doch Arnold nahm schon einmal eine flüchtige Untersuchung der Leiche vor. Inzwischen fuhr der Kommissar mit dem Lift nach oben. Er brauchte keine fünf Minuten, um festzustellen, dass außer Erbrich und Zwirnmann, die jetzt Sorge um ihre Abendgage hatten, niemand der Anwesenden den Verblichenen mochte.

Als Merks wieder auf der Straße stand, hatte Hauptmeister Arnold gerade eine Viertelliterflasche aus der Brusttasche des Toten gezogen. Er hielt sie gegen das Licht. Es war ersichtlich, dass im Flaschenglas eine dunkle Flüssigkeit schwamm, wahrscheinlich Kräuterschnaps. »Da sehen Sie, wie er sich selbst sein Grab geschaufelt hat«, bemerkte der hagere Vogt. Gustav Merks aber blickte ihn lange an und fragte: »Warum haben Sie Ihrem Chef diesen völlig überflüssigen Beweis in die Tasche gesteckt, nachdem Sie uns anriefen? Waren Sie es vielleicht, der ihn in die Tiefe stieß?« –

Was war dem Kommissar aufgefallen?

62. RANDALE IN DER WEIHNACHTSBÄCKEREI

Das vierte Lichtlein brannte auf dem Kranz. Kommissar Gustav Merks war von seiner Schwester zum Sonntagstee eingeladen. (»Einmal wirst du wohl Zeit finden, für den Polizeinachwuchs zu sorgen … Du weißt, dass mein Richard mal deinen Beruf ergreifen will und dich verehrt wie eine Pop-Ikone.«) Der Duft eines Räucherkerzchens zog durch das gemütliche Wohnzimmer.

»Na, wieder gute Ermittlungsergebnisse gehabt?«, fragte der rundliche Kommissar seinen Neffen.

Klein Richard warf die Stirn in Falten. »Eigentlich habe ich Schweigepflicht«, antwortete er zögernd. »Aber dir, Onkel, könnte ich von der Ergreifung eines Täters berichten, die mir – das heißt: der Vanessa und mir – erst vor ein paar Tagen gelang.« Schon legte der halbreife Ermittler los. »Also die Vanessa Kubitz und ich – ihr wisst schon: die Kleine mit den riesengroßen Staunaugen und dem schwarzen Seidenhaar –, also wir trafen uns wie so oft im Kaufcenter unter der Adventstanne. Wie wir da so abchillen und die Gegend nach Taschendieben observieren, hören wir doch plötzlich Laute. Also nicht das Kitschliedergedudel, sondern richtig lautes Gerufe von mehreren Kindern durcheinander. Vanessa und ich sagen uns sofort: ›Hier ist gerade eine Straftat geschehen!‹

Wir also düsen da hin, wo das Geplärre herkommt. Eine Lehrerin, die nette Frau Burschtsch von der Grundschule, wedelt mit fliegenden Armen in der Luft rum. Und ihre Krutscher, so 'ne zweite Klasse also, die wedeln und schreien mit. Die haben alle Mehl und Zucker an den Fingern und gucken in Richtung Hallenausgang. ›Haltet den Rowdy!‹, ruft Frau Burschtsch. Sie hat Tränen in den Augen. Blitzschnell registrieren Vanessa und ich den wahrscheinlichen Tatbestand. Die Kinder haben am Verkaufsstand von Bäcker Wetzel Plätzchen gebacken, auf einem lang ausgezogenen Tapeziertisch. Dazu haben sie – das hatten wir schon vorher gehört – den bekannten Babyhit gesungen: ›In der Weihnachtsbäckerei gibt's so manche Leckerei‹ – Ihr wisst wie das Lied weitergeht?«

Der Onkel schüttelte den Kopf. Aber die Schwester des Kommissars trällerte sofort: »Zwischen Mehl und Milch macht so mancher Knilch eine riesengroße Kleckerei – in der Weihnachtsbäckerei.«

»Genau das war nämlich passiert! Der Knilch war Olli Socke, ein Junge aus unserer Parallelklasse. Rabauke hoch zehn, sage ich euch! Der ist mit Inlinerskates durch die Halle gepest und hat den Tisch mit den Plätzchen beinahe umgekippt. Jedenfalls sehen wir: Das Indiz liegt noch unterm Tisch – eine zerschmetterte Glasschale mit Eigelb, womit man die Plätzchen bestreicht, damit die schön glänzen. Wir also jumpen affenschnell hinterher. Wir treffen Olli Socke im Park. Da sitzt er in den Ästen einer Birke und baumelt cool mit den Beinen, als ob nichts gewesen wär. Vanessa, die gelenkig wie eine Katze ist, klettert sofort nach und schüttelt den Ast, auf dem er sitzt. ›Du machst 'nen Abflug, wenn du nicht sofort deine Untat gestehst!‹, ruft sie. ›Was für'n Ding soll ich denn gedreht haben?‹, fragt der linke Typ. ›Du hast ja noch Eigelb an der Hose!‹, schreie ich nach oben. Und Tatsache glänzt da 'n gigantischer Klecks auf Ollis Hosenlatz. Doch der wirft ein Vogelnest mit gebrochenen Eierschalen runter, das in der Astgabel gelegen hat. ›Da bin ich blöderweise rangestoßen‹, erklärt diese Superpfeife feixend. ›Hier nisten nämlich die Drosseln.«

»Eine Lüge, mit der er sich selbst überführt hat«, schmunzelte Kommissar Merks und boxte seinen Neffen anerkennend gegen die Schulter. –

Warum konnte das Eigelb kaum aus dem Drosselnest stammen?

63. DIE NACHT ZUM WINTERANFANG

Kommissar Gustav Merks hatte nicht gerade die beste Laune. In seinem alten Audi plagte er sich über dunkle Landstraßen heimwärts. Feiner Schnee rieselte auf die knorrigen Apfelbäume, die die Straße säumten. Die Uhr zeigte eins, das hieß also 21. Dezember. Winteranfang.

Im Gasthof von Zscheschwitz war eine Schlägerei zwischen Jugendlichen ausgebrochen. Als er gegen 23 Uhr zur Ermittlung eintraf, hatten die Rowdys gerade eine Straßenblockade aus Biertischen gebaut. Weil der Gasthof scharf nach der Kurve gelegen war, fuhr Merks seinen braven Wagen direkt in den Möbelturm hinein. Lackkratzer, ekelhaft! Naja, jedenfalls wurden die zwei Rädelsführer identifiziert, und er hatte sie von den Kollegen abführen lassen. – Doch was war das?

Im Licht der Scheinwerfer tauchte eine Barrikade auf. Mitten auf der Kreuzung von vier Straßen lag ein langes, mehrarmiges Holz – ein altmodischer Wegweiser! Es gelang ihm gerade noch, kurz davor zu bremsen. So schnell es sein fülliger Bauch erlaubte, sprang der Kommissar aus dem Fahrzeug. Auf dem Kilometerstein hockte ein Jugendlicher mit spitzem Modebärtchen und sah ihn erschrocken an. Er zitterte vor Kälte. Bis zur Autotür hin wehte seine Glühweinfahne.

»Was machst du hier, Idiot!«

Der Bursche blickte mit großen Augen zu ihm auf, und Merks stellte fest, dass der etwa Zwanzigjährige geheult haben musste.

»Hab mir verlaufen …«

»Wohin musst du?«

»Nach Hause.«

»Dachte ich fast. Und wo liegt das?«

»Döbschen«, jammerte der spacke Jüngling im viel zu dünnen Parka.

»Was soll der Wegweiser mitten auf der Straße? Los, räum ihn weg!«

Das Kerlchen gehorchte.

»Komm schon! Ich fahr dich zu Mami.«

Döbschen lag vier Kilometer entfernt auf gerader Strecke von Birnhain, woher der Knabe gelaufen kam. »Wir hatten in Birnhain 'ne Weihnachtsfeier von den Kollegen«, erzählte er. »Bin nämlich da in der Traktorenreparatur beschäftigt. Tagsüber nehme ich's Motorrad. Aber heute – na, wir wollten eben ein bisschen trinken. Da habe ich's daheime gelassen. Nicht auf die Uhr geguckt, wissen Sie. Da war dann der letzte Bus weg nach Döbschen. Die acht Kilometer, dachte ich, läufste eben. Aber an der Kreuzung wusste ich auf einmal nich', wo lang. Eben weil der Wegweiser, der da immer steht, umgekracht war. Lag im Straßengraben. Auf einem Arm steht drauf: Birnhain. Also, wo wir gefeiert haben. Auf 'nem anderen Arm steht Schwarzach, auf 'nem dritten Weißeritz. Und auf der vierten Latte: Döbschen.«

»Verstehe«, nickte der Kommissar. »Deshalb hast du den Wegweiser mitten auf der Kreuzung aufstellen wollen. War eine gute Idee.«

Als Gustav Merks den Überglücklichen vor Mutters Haustür abgeladen hatte, lobte er ihn: »Ein pfiffiges Bürschchen bist du schon. Aber vertrink deinen Verstand nicht.«

»Frohe Weihnachten«, hauchte der Junge dankbar. –

Warum lobte Merks seinen nächtlichen Fahrgast?

64. EIN SCHEUER WEIHNACHTSMANN

Doreen, die jüngere Schwester von Gustav Merks, lag diesem sehr am Herzen. Was der Kommissar selbst nie richtig im Leben geschafft hatte, versuchte er in der Minifamilie für die alleinerziehende Mutter und deren aufgeweckten Sohn Klein Richard durchzusetzen. Aber auch zu Weihnachten winkte der jungen Frau ein vollgepacktes Arbeitsprogramm. Der Job im Hotel stand gegen die Interessen des halbwüchsigen Kindes und dessen Wunsch, den Heiligabend mit Mutter zu feiern. Nach langem Zureden schaffte es der Kommissar, dass sie dieses Mal den Dienst tauschte, doch waren damit nicht alle Probleme vom Tisch.

Ein häufiger Zimmergast, gestand Doreen beim Schein der vier Adventskerzen, habe schon lange ein Auge auf sie geworfen. Nicht Dieter, sondern Bodo Bohlen hieß er, war Witwer und Backgroundsänger in einem da und dort auftretenden Schlagerchor, ein smarter und, wie Doreen es ausdrückte, »nicht zu verachtender« Mann. Nach mehreren Blumengeschenken waren sie schon einmal miteinander ausgegangen. »Aber ich weiß nicht, was das werden soll …«, seufzte die Schwester. »Ja, ich habe den Bodo gern, aber schließlich muss ich auch an mein Kind denken.«

Worauf Klein Richard vorlaut dazwischenhakte: »Ich ziehe bald aus dem Haus – da muss für Mutti ein anderer Mann her!«

Weil das eben ein sensibles Thema wäre, sagte Doreen, habe auch Bodo dafür Verständnis gezeigt. Er hatte vorgeschlagen, sich dem Jungen so behutsam wie möglich zu nähern. Deshalb wolle er am Heiligabend als Weihnachtsmann verkleidet erscheinen. »Das passende Geschenk für Richard hat er schon gekauft.«

»Was kriiiege ich?«, fragte Richard jubelnd.

»Aber das Schlimmste ist«, fuhr Doreen fort, »dass er selbst derart schüchtern ist. Der kommt mir vielleicht bis vor die Tür, aber dann hat er Schiss zu klingeln.«

»Feigheit ist in der Tat die schlimmste Untugend eines Mannes«, bestätigte Gustav Merks. »Aber das kannst du ja später ändern. Morgen schaue ich mal bei dir zur Bescherungszeit vorbei.«

Am nächsten Abend erschien dem Kommissar das Viertel, in dem die Schwester wohnte, noch dunkler als sonst. Zwar strahlten in den Fenstern die Lichterbögen und Adventssterne. Doch in Doreens Straße waren offenbar zwei Laternen ausgefallen. Leicht missmutig stapfte Merks durch das Wohnkarree. Im Nieselregen bemerkte er, dass etwa fünfzig Meter von Doreens Hauseingang entfernt ein unbeleuchteter Toyota parkte, in dem der Fahrer saß und eine Zigarette rauchte. Der trug Mütze und Mantel eines Weihnachtsmannes und duckte das Gesicht weg, wenn Passanten kamen. Merks lief noch eine Runde um den Block und kehrte auf der anderen Straßenseite zurück. Hinter den Fenstern klangen leise Melodien. Der Toyota stand noch immer im völligen Dunkel. Da überquerte der Kommissar entschlossen die Straße und klopfte an die Scheibe. Der Weihnachtsmann kurbelte dieselbe herunter.

»Was machen Sie hier?«

So hastig griff der Angesprochene nach einem Stadtplan, dass ihm dabei der Bart über die Nase rutschte.

»Oh«, lächelte er, »ich habe mich verfahren und suche nach einer Straße. Wissen Sie vielleicht, wo …«

»Ihre charmante Lüge, Herr Bohlen, stimmt nicht mit dem überein, was ich eben beobachtet habe.« Merks schmunzelte. »Fassen Sie sich ein Herz und klingeln Sie endlich bei meiner Schwester.«

Als der scheue Weihnachtsmann seinem Befehl gefolgt war, kehrte Merks erleichtert um. Er ging dahin, wo auch ihn ein lieber Mensch zum Fest erwartete. – Was konnte an der Ausrede des Weihnachtsmannes nicht stimmen?

65. DER ZERSCHERBELTE SANTA CLAUS

»Weihnachten«, pflegte Frau Zarah Phillipp, die adrette Mittsechzigerin mit dem Kleinmädchengesicht, zu sagen, »ist das Fest der Familie.« Die öffentliche Meinung gab ihr Recht. Besonders Pastor Zuckerriegel, der den langen Advent über gegen die glitzernden Weihnachtsmärkte wetterte, die von der Wahrheit ablenkten, dass ja nun Joseph, Maria und das Jesuskind kaum als Familie der Steuerklasse eins gelten konnten und als krasse Außenseiter der Gesellschaft eher das Gegenteil einer bürgerlichen Zweckgemeinschaft darstellten. Nur Frau Phillipps Sohn – o dieser aus der Art geschlagene Sohn! – Jan Phillipp, der seit dem Auszug aus dem Reihenhaus endlich den Sprung vom Muttersöhnchen zum Herzensbrecher seiner Mitstudentinnen geschafft hatte, ließ am vierten Advent telefonisch verlauten: »Tut mir leid, Mam – aber den Heiligen Abend feiere ich mit Sue-Ann.«

Frau Phillipp sah sich in den Abgrund versinken und ihren Stollen bis zum Osterfest ungegessen.

Plötzlich, in der Frühe des 24. Dezember, klingelte das Telefon. Jan wollte doch kommen, allerdings diese Studentin mit dem unaussprechlichen Vornamen mitbringen. Frau Phillipp kam nicht auf den Gedanken, dass ihr Junge ein Prachtmädel haben musste, das ihm wohl zugeredet hatte, Weihnachten wäre schließlich das Horrorfest für alte einsame Personen und er solle mal bitte seine eigene Mutter nicht so an die Wand schieben. Nein, Zarah Phillipp dachte überhaupt nicht nach!

Eilig band sie sich die zartgrüne Küchenschürze um – »Frohes Fest« stand da quer über den Bauch geschrieben – und begann Vanillekipferln zu backen. Die nämlich aß ihr Sohn so gern. Diese freudige Arbeit, das Herrichten des Gästezimmers oben (neben Jans ehemaligem Kinderzimmer) sowie das Aufstellen einer fast mannshohen Nikolausfigur am Fuß der Treppe, ließ die Zeit bis zur Ankunft des Pärchens geschwinde verrinnen. Den menschengroßen Santa Claus hatte Zarah mit ihrem Mann, als der noch lebte, mal aus Amerika mitgebracht. Er bestand aus rotem und goldenem Porzellan. An ihm steckte dort, wo den Tieren der Schwanz herauswächst, ein Stromkabel, so dass der Riese von der Zipfelmütze bis zu den Stiefeln leuchten konnte.

Schließlich schellte es an der Tür.

»Ach du Scheiße!«, war das erste Wort, das dieses Mädchen herausbrachte, als sie die weihnachtliche Skulptur erblickte. Sue-Ann, das hatten wir zu berichten vergessen, studierte Kunstwissenschaft.

Zarah befleißigte sich, gelassen zu bleiben. Sie umhalste das Söhnchen und reichte der mitgebrachten Person höflich die Hand. Zunächst zeigte sie den beiden die getrennten Übernachtungsquartiere, wo sie erst einmal ihre Rucksäcke auspacken sollten.

Jan jedoch hatte die unglaubliche Idee, mit Sue-Ann gemeinsam die Liege aus dem Gästeraum in sein eigenes Zimmer zu tragen. »Das gibt eine hübsche breite Spielwiese, Mam«, lächelte er unverfroren.

An diesem Punkt unserer Erzählung lassen wir die auf das Häuschen gerichtete Kamera schneller laufen. So schnell, dass die Ereignisse der folgenden Stunden in einem Tempo vorüberschwimmen, welches die Bilder unsichtbar macht. Nun ist es Abend. Heiliger Abend.

Wir sehen einen älteren, rundlichen Herrn ins Haus treten. Ächzend streift er den Schnee von den Schuhen und stellt sich vor: »Gustav Merks, Kriminalkommissar. Sie haben uns angerufen, Frau Phillipp?«

Im Flur riecht es lieblich nach Vanillekipferln. Außer Zarah Phillipp scheint sich niemand im Haus aufzuhalten. Neben der Treppe liegen große rote und goldene Porzellanscherben. Sie erzählt vom Besuch des Sohnes mit dieser »jungen Barbarin«. Davon, wie beide als Erstes aufs Zimmer gegangen wären und dort sonst was getrieben hätten. Sie habe sich, tolerant, wie sie sei, in die Küche verzogen und den Kipferlnteig in den Kühlschrank geschoben.

»Dort muss er eine Stunde lang ruhen, bis ich ihn in die Backröhre stellen kann«, erklärte sie. Plötzlich habe sie ein leichtes Unwohlsein verspürt und sich deshalb im Wohnzimmer aufs Sofa gelegt. Um fest zu ruhen, habe sie sich Ohropax eingestöpselt und den Wecker gestellt, um nach einer Stunde wieder aufzuwachen. Währenddessen hätten die Kinder das Haus verlassen – einfach so! »Und die ungezogene Schickse hat vorher offenbar mein Eigentum in Stücke zerschlagen!«

»Sie haben nichts gehört?«, fragt der gemütliche Kommissar, der ein wenig aussieht wie der Weihnachtsmann persönlich.

»Nichts!«, beteuert Frau Phillipp. »Wegen der Ohrstöpsel!«

In diesem Augenblick schellt es noch einmal. Vor der Tür ist das Lachen eines Pärchens zu hören, das offenbar einen Spaziergang durch den Schnee unternommen hat.

»Kehren Sie die Scherben zusammen«, rät der Kommissar. »Ich verzichte auf eine Anzeige wegen der Vortäuschung einer Straftat. Frohe Weihnachten miteinander!« –

Was kam Merks unglaubhaft vor?

66. SILVESTER IM HEHLERBETT

Beim Sonntagskaffee blickt Klein Richard – der Neffe des Kommissars, der selbst einmal Kriminalist werden will – nachdenklich in den Kerzenschein. »Ist dir eigentlich aufgefallen, Onkel, dass es eine Nacht im Jahr gibt, in der die Menschen viel öfter zur Uhr schielen als sonst?«

Gustav Merks schmunzelt. »Ich hab vor Jahren eine Silvesternacht erlebt – da wäre die Hölle los gewesen, wenn ich nicht auf die Uhr geschaut hätte!«

»Ehrlich? Erzähle! Bitte …«

»In den letzten Wochen des Jahres«, plaudert der Kommissar, »war es endlich gelungen, die Dreierbande ausfindig zu machen, die mehrere Juweliere beraubt hatte. Nur noch eine winzige Unsicherheit gab es, ob es wirklich die drei erprobten Knackis Girardott, Berndorf und Fapper waren. Man wartete ab, ob einer von ihnen einen Hehler aufsuchte. Kurz vor Weihnachten erhielt man einen Tipp von Susann Hunert, einer in die Jahre gekommenen Gangsterbraut. Die hatte in ihrer geräumigen Wohnung ein wahres Wunderwerk von Verstecknischen eingerichtet. Inzwischen war sie jedoch mit einem braven Kölner Leihbeamten verheiratet und hatte mit dem kriminellen Vorleben Schluss gemacht.

Die ehemalige Hehlerin sprach am 23. Dezember mit mir und verlangte, dass ich sie unbedingt zu Silvester besuche. Dann könne ich Räuber und Juwelen fassen. Eine SMS zeigte sie mir, die ein Unbekannter auf ihr Handy gesendet hatte. Die Meldung bestand bloß aus Zahlen und lautete: 112007-70. Das sei der übliche Code, erklärte die Beamtengattin. Er bedeutete: Der Überbringer der Sore kommt am 1.1.2007 persönlich vorbei und klingelt, wenn das neue Jahr genau 70 Minuten alt ist, also 1.10 Uhr. Auf keinen Fall solle ich das Haus aufwendig bewachen und gar versuchen, um die genannte Zeit von außen einzugreifen. Stundenlag vorher schon würden die Jungs nämlich das Gelände beobachten. Also musste ich sie bereits am Nachmittag besuchen und mich in einem ihrer Schlafzimmer verstecken. Genau um 1.10 Uhr sollte ich zugreifen, wenn es klingelte …«

Es war ein völlig verdunkeltes Schlafzimmer. Mit seiner kuscheligen Damastwäsche habe es ihn sofort zum Schlafen verlockt. Also legte er sich angezogen, die Waffe in der Hand, auf das luxuriöse Ehebett. Ein Wecker war gestellt, dessen Leuchtziffern und mit Phosphor bestrichener Zeiger den einzigen Schimmer im Raum boten. Nebenan trafen Partygäste ein – stille Beamtenseelen, die leise feierten. So habe er friedlich dösen können. Von Zeit zu Zeit sei er allerdings hochgeschreckt und habe den Strahl der Taschenlampe auf den Wecker gerichtet, der Punkt eins klingeln sollte.

»Ich war so tief eingeschlummert, dass mich selbst die Mitternachtsknaller nicht weckten. Plötzlich fuhr ich auf. Hatte der Wecker vielleicht versagt? Im Dunkel blickte ich zur Uhr. Ein Zeiger wies zur Zwölf, der andere auf die eins. Beide Zeiger waren gleich lang … War es nun fünf nach zwölf oder schon ein Uhr? Das Dümmste: Meine Taschenlampe hatte ihr Batterieleben ausgehaucht. Um den Gangstern draußen kein Zeichen zu geben, wollte ich keinesfalls das Zimmerlicht einschalten. – Nun, Klein Richard, jetzt rate mal: wie schaffte ich es, ohne Licht die genaue Uhrzeit herauszukriegen? Übrigens fasste ich die Bande, die gleich zu dritt antanzte, bald darauf.«

67. DIE UHR STAND STILL UM MITTERNACHT

Alle hatten dem Kommissar gut zugeredet. Schließlich hatte er nachgegeben. Eigentlich wollte der gesellige, aber oft monatelang nur für seine Arbeit lebende Gustav Merks zwischen Weihnachten und Silvester Dienst schieben. Aber dann gab Sabine, die vitale Kindergärtnerin, den Ausschlag. »Du hast dir schon ewig vorgenommen, deine Erinnerungen zu notieren. Langsam platzt dein Dickschädel von dem Buch, das du fertiggeschrieben darin herumträgst. Also verzieh dich über die freien Tage in eine Schreib-Einsamkeit! Ich wüsste schon wo …«

Der Ort Ich-wüsste-schon-wo lag auf einem Berge. Eigentlich war es nur ein Hügel von mittlerer Größe. Es handelte sich um eine Skihütte im Tannenwald. Strom gab es, Herd und Kühlschrank, doch keinen Fernseher und nicht mal einen Radioapparat. »Dein Handy«, meinte Sabine, »nehme ich auch in Verwahrung. Damit du ja nicht auf andere Gedanken kommst!« Etwa fünf Kilometer entfernt befand sich ein Dorf.

»Leb wie ein Mönch im Mittelalter!«, befahl Sabine am 27. Dezember, als sie den Freund und eine ausreichende Menge Lebensmittel aus ihrem Auto in das einsame Haus hineinschob. Dann brauste sie zurück in den dunklen Tannenwald. Vorher hatte sie Merks noch die Armbanduhr abgenommen.

Tatsächlich musste etwas dran sein am Rezept der alten Einsiedler: Nie zuvor war es dem kugelbäuchigen Kriminalisten gelungen, so strikt an einem Stapel weißen Papiers dranzubleiben. Seite um Seite füllte sich, wie von Geisterhand geschrieben – oder vielleicht von den Elstern, die sich auf der hohen Tanne vorm Fenster jagten. Wie im Flug ging die gewünschte Arbeit vonstatten. Essen, Trinken und Schlafen geschahen wie nebenbei. Mitten in der Nacht trieb ihn ein Einfall hoch. Dann setzte er sich an den Tisch. Am helllichten Tag schlief er über dem Manuskript ein. Erwachte und schrieb weiter. Nur die alte Standuhr musste er regelmäßig einmal am Tage aufziehen.

Am fünften Tag, es musste der Silvesterabend sein, geschah etwas Unvorhergesehenes. Über der Seite 168, also kurz vor Vollendung des Werkes, war der Kommissar eingeschlafen – mitten in der Schilderung seiner erfolgreichen Ermittlungen im Kettensägemonsterfall. Mit dem Spezialeinsatzkommando hatte er gerade weiträumig das Versteck des perversen Täters abgesperrt, gab das Signal zum Sturm und … legte den Kopf aufs Papier. Als er wach wurde, saß er im stockdunklen Zimmer. Irgendetwas war sonderbar an der Finsternis. Merks wusste nicht gleich, was es war. Bis er merkte, dass das vertraute Ticken der Standuhr fehlte. Er machte Licht. Der Regulator war stehengeblieben. Er hatte vergessen, ihn wie jeden Tag um 21 Uhr aufzuziehen. »Dumme Geschichte«, brummte er vor sich hin. »Jetzt weiß ich gar nicht, wann genau das neue Jahr beginnt …« Er dachte nach, wie er sich ohne all die Technik, die uns längst selbstverständlich ist, die genaue Zeit beschaffen konnte.

Merks schlüpfte in den Mantel und trat vor die Hütte. Die Nacht war bewölkt. Kein Mond, keine Sterne zu sehen. Dann kam ihm die rettende Idee. Er ging ins Haus, nahm einen kleinen Schreibblock zur Hand und notierte sich etwas darauf. Zügigen Schritts, aber nicht zu hastig, lief er, den Notizblock in der Tasche, durch den Wald. Im Dorfkrug angekommen, fand er dort die Gasthausbrüder beim Feiern. Die Fernsehuhr zeigte die letzten Sekunden des alten Jahres. Froh, wieder einmal Menschen zu sehen, trank er ein Gläschen mit. Dann jedoch lief er im gleichen, gemütlichen Trab wieder zurück zur Hütte.

Vor der Tür stand Sabines Wagen. »Ich wollte dir zum neuen Jahr gratulieren!«, sagte sie lachend.

»Hätte ich gewusst«, meinte der Kommissar, »dass du mich überraschst, hätte ich mir jetzt eben nicht die genaue Zeit holen müssen.« – Wie schaffte es Merks, die Standuhr – ohne Sabines Hilfe! – auf die Minute wieder richtig einzustellen?

68. DER LÄNGSTE MONAT

Das neue Jahr begann, Raketen schossen es ein. Im Lärm der Böller stürmten Kommissar Merks und sein Team den Keller. Beim Schusswechsel, den die Waffenschieber sofort eröffneten, wurde niemand ernstlich verletzt.

Man beschlagnahmte achtzehn Kisten mit Waffen und Munition und machte die Gangster dingfest – außer Levin, den Boss der Bande. Urs Levin, der den Szenennamen »Der Tüftler« trug, war eine unauffällige Erscheinung mit Brille und zog fast ausnahmslos graue Strickpullover an. Er sah aus wie der typische Mann aus der Menge. Man sprach mit ihm einige Minuten und vergaß das Gesicht sofort. Was den Boss allerdings auszeichnete, war seine kriminelle Erfindungsgabe. Mit deren Hilfe hatte er das Waffendepot so gut tarnen können, dass das unter einem Hochhaus ausgeschachtete Untergeschoss lange unentdeckt blieb und der Eintritt nur mit einem elektronischen Wandöffner möglich war.

Nach wochenlanger Beschattung gelangten die Kriminalisten dicht auf den Hacken eines Bandenmitglieds in das Versteck. Jetzt war Levin im Gewühl des Zugriffs abgetaucht. Wohin konnte er fliehen?

Das war die Frage, die Gustav Merks beschäftigte, als er sich als Letzter in dem ausgeräumten Stahlsarg umsah. Draußen polterten die Kollegen die Treppe hoch. Weiter entfernt krachten letzte Böller. Mit einem unerklärlichen Kribbeln im Bauch fixierte der Kommissar die hintere Stahlwand.

Plötzlich öffnete sich eine schmale Tür, der wie das Geißlein im Märchen der vermisste Levin entstieg. Er hielt die Waffe im Anschlag, und Merks war sicher, dass er damit nicht nur Spaß machen wollte. Levins Stimme hatte etwas Salopp-Fröhliches, als er, die Pumpgun auf den Kriminalisten gerichtet, auf den Ausgang zu lavierte. Flink löste er mit der Linken die Verschlusskappe einer Rauchbombe.

»Hier wird es gleich brenzlig riechen«, teilte er mit. »Dann wird die Luft knapp, und am Ende ersticken Sie, Kommissar. Denn für die Tür, die hinter mir zufällt, braucht der Schneidbrenner mindestens eine halbe Stunde.«

»Denken Sie nach, welche Strafe Sie abfassen«, knurrte Merks. »Bisher zählt bloß das Depot. Aber nach einem Polizistenmord atmen Sie erst wieder als Rentner ungesiebte Luft.«

Levin schien zu überlegen. Dann lächelte er. Er zog eine Art Fernbedienung aus der Tasche, dreimal kleiner, als man sie für den handelsüblichen Fernseher braucht. Er warf das Teil dem Kommissar zu, der es gerade noch auffing. »Nehmen Sie das als Abschiedsgeschenk. Es ist Ihre Überlebenschance. Wenn Sie eine bestimmte Nummer eintippen, öffnet sich das Stahlschloss.«

Levin schmiss den Rauchentwickler in den Raum. Die Tür knallte. Beißender Qualm entwich der blubbernden Röhre.

»Welche Nummer?«, brüllte Merks.

Hinter der Tür schrie »Der Tüftler«: »Es ist die Stundenzahl des längsten Monats im Jahr!«

Jetzt war der Kommissar allein. Ein normaler Monat mit 30 Tagen, rechnete er, hat 720 Stunden, einer mit 31 Tagen bringt es auf 744, aber der Februar …

Der Rauch vernebelte alles, seine Augen tränten, er drückte sich das Taschentuch vor den Mund. In letzter Sekunde fiel ihm die Zahl ein, die er eingeben musste. –

Welche?

69. ECSTASY

»Ereignislos«, knurrte Kommissar Merks. Er kommentierte damit die bisher allzu ruhig verlaufenden Stunden. Techniker Arnold spielte ein frisches Video über die Psychodroge Ecstasy ab. Er murmelte vor sich hin: »Der Genuss ist nicht strafbar, aber der Verkauf von 300 bunten Pillen bringt dem Dealer ein bis fünfzehn Jahre ein. Verstehst du unsere Gesetze, Gustav?«

Merks blickte auf die Uhr über der Tür. 19 Uhr 50. Er lief zum Fenster rüber. »Schau mal, Wolf! Plötzlich schneit es wie verrückt!«

Zur Antwort las Arnold vom Recorder ab: »Die Droge hält die Techno-Raver nächtelang wach.« Er gähnte herzhaft.

22 Uhr 11 meldete die Wache einen Besucher: »Ein Kosel, David, Krankenpfleger, 32 Jahre. Will was auf seiner Digitalkamera vorführen. Soll er rauf?«

»Rauf«, seufzte Merks erleichtert.

Zu hören war noch: »Nehmen Sie den Lift links.« Und in leiserem Ton: »Vorsicht: Wirkt wie ein ausgebuffter Schauspieler.«

Ein schöner Mann, der mit seinen über Einsneunzig vielleicht ein bisschen zu lang war, betrat das Büro. Den angebotenen Stuhl lehnte er ab.

»Wenn ich Ihnen die Ermittlungsfotos zeigen und um rasches Eingreifen bitten darf? Der Täter schlägt nämlich etwa 0 Uhr zu!« Arnold, der sein Video abgeschaltet hatte, stand in der Zimmerecke. »Kommen doch auch Sie bitte näher, Herr Polizist!«

Der Pfleger hatte um 22 Uhr den Dienst auf der Palliativstation beendet.

»Was ist das?«, fragte Arnold.

Das sei jene Krankenhausabteilung, in der die Sterbenden betreut werden. Er habe eine Spezialausbildung dafür.

»Also besitzen Sie starke Nerven«, brummte Merks. »Und wen zeigen Sie an?«

Die Antwort verblüffte beide Kriminalisten: »Einen Dealer von Ecstasy. Sie wissen schon: Diese Typen, die um Mitternacht in den Discos auftauchen und der Jugend die kleinen bunten Dinger andrehen – erst verschenken, dann verkaufen, dann abhängig machen. Ich habe den Kerl fotografiert. Sehen Sie – hier!«

Kosel berichtete, er habe Stübner, den Sterbehilfspfarrer, etwa 19 Uhr angerufen. Frau Eitner, eine im Übrigen sehr liebenswürdige Patientin, lag in den letzten Zügen. Stübi, wie ihn das Pflegepersonal nannte, traf 19 Uhr 20 ein und blieb allein bei der Sterbenden. Dreiviertel acht kam er aus dem Raum und lief in das Zimmer von Frau Lohse, einer anderen Patientin. Frau Eitner sei in seinen Armen entschlafen, berichtete er knapp. 19 Uhr 50 stellte Stationsarzt Hartmann den Totenschein aus. Kosel richtete das Sterbebett – und was sah er unter der Matratze? Vier mustergültige Probepackungen Ecstasy. Der Pater war also ein Dealer, und hier auf der Station fand er seine unwürdigen Verstecke!

Die Kameraaufnahme zeigte die hochgehobene Matratze und das glitzernde Pillenset. 20 Uhr 05 lasen die Kriminalisten auf dem Timecode am Bildrand.

Es habe ihn nun getrieben, weitere Fakten im Bild festzuhalten, erzählte Kosel. Er sei hinausgelaufen und habe Stübis Golf fotografiert. Jetzt war die Uhrzeit 20 Uhr 08 zu lesen.

»Richtig«, bestätigte Merks. »Da schneite es schon achtzehn Minuten.«

Zum Wagen hin führte eine einzelne Fußspur über die sonst unberührte Schneedecke.

Dreiviertel neun ging der Pater noch einmal zu der Verstorbenen hinein, angeblich um ein Gebet zu sprechen. 20 Uhr 49 zeigte der Timecode neben der Aufnahme, auf der wieder die Matratze, diesmal ohne Drogenpäckchen zu sehen war. Die Abfahrt des Golfs habe er auch gefilmt, freute sich Kosel. Auf dem mit 21 Uhr 02 bezifferten Foto saß der Pater am Steuer des Wagens. Diesmal führte eine zweite Fußspur zum Auto.

»Untersuchen Sie das Fahrzeug dieses Heuchlers!«, forderte Kosel. »Seine Wohnung befindet sich …«

Der Kommissar schmunzelte säuerlich. »Ich glaube, Sie wollen dem Pater was in die Schuhe schieben, Herr Kosel. Hat er Sie vielleicht beim Sex im Dienst ertappt? Eine Ihrer Aufnahmen hätten Sie uns nicht zeigen dürfen. Abführen!«

Als Arnold den verdutzten Schönling hinausgebracht hatte, rief Gustav Merks Stübner an. Er sagte: »Falls sich in Ihrem Wagen ein paar Tabletten finden, so bringen Sie uns diese bitte vorbei, Hochwürden. Und lassen Sie Ihr Auto bei Krankenbesuchen nicht offen.« –

Welches Foto verriet den Pfleger?

70. EIN HUNDSGEMEINER SKIURLAUBER

»Den Kunden habe ich noch nie gesehen bei uns!« Frau Bodtsey, die im Kiez für ihre Freundlichkeit bekannte Inhaberin des Fotogeschäfts, ist so erzürnt, dass ihr rote Flecken ins Gesicht springen.

»Erzählen Sie nacheinander, was passiert ist.« Die raue ruhige Stimme von Kommissar Merks, der ihr gegenüber an der Ladentheke lehnt, heizt die temperamentvolle ältere Dame noch mehr an.

»Ich stand allein im Geschäft, mein Sohn war gerade Bilderrahmen einkaufen. Also, dieser Kerl mit der Elchmütze stampft aus dem Schnee draußen rein, grüßt eigentlich ganz freundlich. Dann reicht er mir vier Filme rüber – von einer Woche Skiurlaub, wie er sagt. Ich wundere mich bloß, dass er zwar grinst wie ein Honigpferd, aber einem nicht in die Augen blicken kann. Quasselt davon, dass die Aufnahmen vielleicht nicht so richtig geworden sind und dass er sich eigentlich schon lange eine bessere Kamera kaufen wolle. Dabei angelt er sich eine aus dem Regal dort – da, hinter Ihrem Rücken, Herr Kommissar! – und ich erlaube ihm, sich den Apparat anzusehen. Ja, und dann …«

Frau Bodtsey muss erst einmal Luft holen. Dann fährt sie fort: »… schnappt er sich das Gerät und rennt raus! Wie gesagt: Mein Sohn war mit dem Auto unterwegs – der hätte ihm das Zifferblatt geputzt!«

»Sicher hatten Sie die Filme schon in eine Sammeltüte gesteckt und für die Abholung seinen Namen und die Adresse draufgeschrieben?«

»Natürlich!« Die Ladeneigentümerin zeigt eine orangefarbene Papptüte. »Aber sehen Sie bloß: Mustermann nennt er sich und wohnt angeblich in der Horst-Bosetzky-Straße, die es in ganz Leipzig nicht gibt.«

»Noch nicht gibt«, korrigiert Gustav Merks. »Wenn der Begründer des modernen deutschen Krimis tot ist, wird man vielleicht eine Straße nach diesem Autor benennen.«

Auf der Geschäftsmeile kämpfen sich die Menschen durch den Schneeregen. Hier drin ist es gemütlich warm, fast idyllisch unter den Eisbärfellbabys, Hochzeitspaaren und Möchtegernmodels in silbernen Rahmen.

»Was mache ich bloß?«, jammert die Bestohlene. »Über zweitausend sind doch kein Pappenstiel. Kaum denkbar, dass die Versicherung alles zahlt …«

»Warten, bis er seine Bilder abholt«, murmelt der etwas überarbeitete Kommissar, dem jetzt nach Einschlafen ist.

»Sind Sie von allen guten Geistern verlassen?«, schimpft Frau Bodtsey. »Der pfeift doch auf die Urlaubsfotos und kommt nie wieder. Also Sie sind mir ein Polizist.«

Merks ist kurz beleidigt. Dann fragt er: »Hat er erzählt, wo er im Urlaub war?«

»Oberhof«, antwortet sie. »In einem dieser mehrstöckigen Hotels.«

»Wie lange brauchen Sie, um die Filme des Elchmützenmanns zu entwickeln?«

Die nun doch etwas beruhigte Dame blickt auf die weiße runde Uhr über den Regalen. »In einer Stunde«, meint sie, »kann ich das erledigen.«

»Dann«, verspricht Merks, »komme ich nachher wieder vorbei. Und ich verwette mit Ihnen einen Elch, dass wir den Dieb bis morgen verhaften.«

Jetzt lachen die trotz ihres Alters schönen strahlenden Augen von Frau Bodtsey. »Wie wollen Sie das bloß schaffen, lieber Mann?«

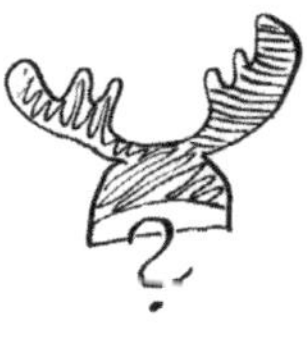

71. EIN FATALER SCHUSS

Rainer Schaddel zuliebe, den der Kommissar schon von der Grundschule her kannte, war Gustav Merks vor ein paar Wochen auf den Fußballplatz gegangen. Zwischen Schwarzgelb und Blaurot lief das Endspiel um die Herbstmeisterschaft. Rainer trainierte die Schwarzgelben. Vor jenem für die mindestens dreiundsiebzig Zuschauer ungeheuer aufregenden Sonntag führte Rainers Elf die Tabelle mit einem Tor Vorsprung an. In der 72. Minute landeten die Blauroten einen umstrittenen Elfmeter. Damit kochte die Spannung auf einen ungeahnten Höhepunkt zu.

Denn sollte es bis zum Schluss dabei bleiben, musste eine Spielverlängerung her und vielleicht gar das Elfmeterschießen!

Doch in der 90. Minute – der Schiri schielte bereits auf die Uhr – jagte der blaurote Andreas Müller wie vom Gummiband geschnipst quer durch alle Schwarzgelben. Auf der rechten Seite strebte sein Mannschaftskamerad Forchner ebenfalls wie der böse Blitz dem gegnerischen Kasten zu. Beide umspielten geschickt die schwarzgelbe Deckung und ließen selbst Triegel, den erfahrensten Verteidiger in Rainers Mannschaft, stehen. Allerdings sah es so aus, als wäre Michael Triegel gerade in kreativen Traumbildern versunken, er bewegte sich jedenfalls kaum.

Müller trat in dem Augenblick das Leder, als der schwarzgelbe Torwart Huniat ins linke Eck sprang. Dann schoss er rechts oben ein. Der Schlusspfiff gellte, und die Blauroten hatten das Spiel mit 2 : 0 und damit die Saison gewonnen.

Jetzt, Wochen später, als die Flocken leise das Land zudeckten, saß Merks dem Klassenfreund in dessen bullig beheizter Plattenbauwohnung gegenüber. Sylvi, die charmante Gattin, hatte Kaffee und Stolle hingestellt. Aber Rainer kam nicht zum Essen und Trinken.

Im Vertrauen weihte er den Kommissar in Protokolle ein,

die auf keinen Fall für die Öffentlichkeit gedacht waren. Schaddel hatte herausgefunden, dass es Wetten gab auf das Spiel und Huniat und Triegel je hundert Euro versprochen wurden, wenn sie die eigene Mannschaft verlieren ließen.

»Du grinst, Gustav«, ereiferte sich der Freizeittrainer. »Aber für uns ist das schon ein Geld, jawohl!«

Merks zwang sich zur Ernsthaftigkeit. »Zeig mir die Aussagen der Verdächtigen!«

Der Torwart hatte zu Protokoll gegeben: »Von diesem aus der Reserve geholten Nobody Müller hatte ich vorher nie gehört. Allerdings habe ich mich auf das Endspiel gründlich vorbereitet, zum Beispiel durch das Anschauen eines Videos aus der laufenden Saison der Blauroten. Da sah ich, dass dieser mit viel Glück zum Schuss gekommene Sportstudent Müller immer aufs linke Eck zielte. Der kann gar nicht anders. Deshalb hechtete ich links rein – und er traf in die rechte Angel. Mit irgendwelchen Spielmanipulationen habe ich nichts zu tun.«

Triegel, der im entscheidenden Moment eingeschlafene Verteidiger, sagte aus: »Für Wetten habe ich prinzipiell nichts übrig. Aber natürlich war mir der Torschütze bekannt. Ich gebe zu, dass ich seinen Angriff nicht ernst nahm, weil er einen völlig untrainierten Eindruck machte. Schließlich war jedem bekannt, dass Müller wegen einer Studienreise in die USA ein Jahr nicht aktiv und gerade mal den dritten Tag in Deutschland war. Ich bitte für mein Verhalten um Entschuldigung.«

Merks holte tief Luft, auch schon deshalb, weil er Sylvi Schaddels letzte Weihnachtsstolle ganz allein aufgegessen hatte. »Kompliment an deine Frau, Rainer«, sagte er. »Doch wenigstens einer deiner Spieler schwindelt so offensichtlich, dass man es sogar aus dem Protokoll herausliest …«

72. DER STURM DANACH

Bei schönstem Wintersonnenschein kletterten drei Männer auf eine hüglige Anhöhe, über die eine leichte Brise pfiff. Ringsum breitete sich menschenleeres Feld aus. Bert Wedel, ein passionierter Hubschrauberpilot, litt wie Kommissar Merks unter der Bürde eines nicht eben sportlichen Bauchs. Zwischen ihm und dem Polizisten zeichnete sich die Figur von Mike Franke wie eine Bohnenstange gegen den Mittagshimmel ab. Franke, stellvertretender Vorsitzender des Landesverbandes Windenergie, hatte die Obhut über jene zehn Windräder, die in regelmäßigen Abständen auf dem Gipfel des ausgedehnten Hügels standen. Eines von ihnen war Schrott.

»Die Flugzeugteile haben wir schon am Tag nach dem, ähäm, Unglück entsorgen können. Aber zum Wegschaffen des geknickten Mastes fehlte uns bis jetzt, ähäm, die Kapazität.«

Der lange Franke, der diese Worte wie ein Referat über Windenergie herausbrachte, schwieg nach dieser Anstrengung viele Minuten lang. Dafür redete der rundliche Pilot gleich einem Wasserfall. Merks hatte Mühe, seine Fragen zum Ereignisverlauf zu stellen. Es hatte also den gewaltigen Sturm gegeben, der über die Gegend mit 180 Kilometern pro Stunde dahinraste. Dächer waren abgedeckt, Bäume entwurzelt worden. An jenem Abend hatte Wedel mit einigen Kameraden im nahen Flugzeughangar eine alte Maschine zum Laufen gebracht. Gegen Sonnenuntergang waren sie damit fertig geworden, und Wedel hatte darauf bestanden, den Hubschrauber im Flug zu testen. Draußen tobte zwar der Orkan, aber …

»Hatten Sie etwas getrunken?«, fragte Merks.

»Bei der Arbeit doch nicht!«, protestierte der mollige Pilot. Es sei eben eine Sache der Ehre gewesen, wie eine Wette fast und eine tolle Herausforderung an seine Flugzeuglenkerehre.

»Verdammtes Glück hatten Sie immerhin«, fuhr der Kommissar dazwischen, »dass Ihnen kaum etwas passiert ist. Doch wie denken Sie über den Wert der Maschine, die Sie gegen das Windrad gelenkt haben! Wer soll den Schaden bezahlen?«

»Der da«, meinte Wedel und zeigte mit ausgestrecktem Finger auf den Langen. Er nämlich habe vor dem Start noch geprüft, ob die Windräder angestellt waren oder nicht. »Kein einziges Rad hat sich den ganzen Nachmittag lang gedreht! Dann aber ist der Orkan stärker geworden und der Franke hat sich in seiner Zentrale sicher die Hände gerieben über so viel kostenlos anfallende Energie. Da hat er seine Teufelsfinger wieder rotieren lassen, der Schweinskapitalist. Deshalb ist seine Institution verpflichtet …«

»Sie wären also nicht gestartet«, fiel Merks ihm wieder ins Wort, »wenn Sie gedacht hätten, dass die Räder angestellt wären?«

»Natürlich nicht!«

Der Kommissar sah den schweigsamen Franke an, danach den Bruchpiloten und sagte dann: »Sie täuschen mir etwas vor, Herr Wedel. Denn so, wie Sie den Unfall schildern, kann er sich niemals ereignet haben.« –

Weshalb?

73. HERR PROFESSOR GEHT BADEN

Der Bauernhof lag in Franken, dort war der Tannenwald idyllisch verschneit. Kurz entschlossen hatte Kommissar Gustav Merks der Großstadt den Rücken gekehrt, um eine Woche zu entspannen. Dem Bauern nannte er einen anderen Beruf. Dann kamen die Bilder im Fernsehen, die zeigten, wie Merks das Heroin auf dem Flughafen beschlagnahmte. Nun konnte er sich, wo auch immer er spazieren ging, vor freundlichen Grüß-Gott-Rufen nicht retten.

Im Nachbardorf hatte sich Ludwig Eixmann, ein Geologe im Rentenstand, eingemietet, zusammen mit seiner ebenfalls berenteten Gattin Hanka und der frisch geschiedenen Institutsmitarbeiterin Doreen. Mit Letzterer kraxelte der erschreckend mobile Greis von früh bis spät in den Hügeln herum. Die kokette Kollegin war fünfundvierzig, und man sah auf den ersten Blick, dass sie mit ihrem ehemaligen Chef das Quartier nicht bloß verließ, um Steine zu suchen.

Am dritten Morgen des Kurzurlaubs hämmerte die Professorenfrau an Merks' Tür. Seit gestern sei ihr Gatte verschwunden, und diese Doreen habe noch beim Frühstück gewitzelt, wie herrlich es wäre, wenn man im Bergsee baden würde. »Mein Ludwig wollte mit diesem jungen Biest aufs Eis baden gehen – stellen Sie sich das doch bloß mal vor! Er ist vierundsiebzig und hat es mit dem Darm. Helfen Sie mir suchen, Herr Kommissar.«

Merks und die besorgte Frau hüllten sich in Decken. Sie bestiegen einen Pferdeschlitten, den der taubstumme Sohn des Vermieters lenkte. Die Glöckchen am Kumt klingelten lieblich, die Tannen schwiegen majestätisch. Merks wäre in einen wunderbaren Tagtraum versunken, hätte da nicht Hanka Eixmann ihm gegenüber gesessen. Die plapperte und greinte in einer Lautstärke, die der Waldstille diametral entgegengesetzt war.

Frau Professor vermutete das Schlimmste, nämlich ihre plötzlich und unerwartet beginnende Witwenrente.

Vor den letzten Metern zum See blieb der Taube allein beim Schlitten zurück. Nach wenigen Schritten eröffnete sich ihnen eine herrliche Aussicht auf den vereisten See. Die kleinen Berghütten in der Nähe schienen verlassen, obwohl es Merks für einen Moment so vorkam, als hätte er aus einer das Kichern einer Frau gehört.

Plötzlich erblickten sie etwas im Schnee, der an dieser Stelle unter der Sonne am Schmelzen war.

»Das ist seine Baskenmütze! Und das seine Bruyèrepfeife!«, rief Hanka Eixmann, stürzte auf die Gegenstände am Ufer zu und schluchzte: »Er ist ertrunken! Mein Ludwig ist ertrunken!«

Außer Pfeife und Kopfbedeckung des Professors entdeckte der Kommissar einen weiteren Gegenstand, der ihn allerdings schmunzeln ließ. Zur Hälfte mit einem dicken Schneeball bedeckt, lag da eine dicke rote Möhre. Nun wurde ihm klar, was der verschwundene Geologe mit seiner Assistentin hier getrieben hatte. –

Was wohl?

74. DER FASCHINGSSCHERZ GING INS AUGE

Das Opfer lag in der Notaufnahme und war noch nicht ansprechbar. Gigantischer Mull garnierte den Dickschädel des jungen Mannes, aus dem die braunen Igelborsten wie Fremdkörper herausstachen.

»Hier – sehen Sie!«, sagte Ostermeyer, der diensthabende Chirurg. Er wiegte die Spitze eines Plastikpfeils zwischen den Fingern. »Das haben wir aus dem Glaskörper des linken Auges gezogen.«

»Gift dran?«, fragte der mollige Kommissar mit der Halbglatze.

»Die Labortests laufen. Aber ich glaube, dass Herr ...« Der Arzt blickte auf das provisorische Schild am Bett. »Also, ... dass Herr Robinson keine Dauerschäden behält.«

»Heißt er wirklich so?«

»Natürlich nicht. In der Eile haben wir erst mal den Namen der Faschingsfigur angeschrieben, die er heute darstellt. Übrigens wartet der gesamte Karnevalsklub auf Sie im Flur nebenan.«

»Gustav Merks«, stellte sich der Kommissar vor und musste schmunzeln, als er den bunten Haufen auf dem Krankenhausflur erblickte. Die Männer: fast nackt. Die Mädel: noch ein bisschen mehr. Schließlich war das Karnevalsmotto in der Hitze der Tropen angesiedelt: »Tarzans tolles Toben.«

Alle diese karg bekleideten Menschen sprangen beim Eintritt des Kriminalisten von den Stühlen und Fensterbänken.

»Wer ist euer Boss? Tarzan?«, fragte Merks.

Tarzan war ein hochgewachsener, aber unterernährt wirkender Jüngling im Lendenschurz.

»Los, Mischa!«, drängte die Truppe. »Erzähl der Polizei alles!«

Das fröhliche Treiben, berichtete Tarzan, war kurz vor seinem Ende gewesen. Die Funken hatten – als exotische Äffchen – gerade ihren letzten Tanz geboten. An der Bar hing bereits der Elferrat und nahm den Abschiedstrunk. Auch die Gäste befanden sich schon im Aufbruch.

»Deswegen«, mischte sich ein Bursche mit Leopardentanga ein, »konnten wir alle unseren Robinson hierher begleiten!«

»Red nicht dazwischen, Henry!« Aber der ließ sich nicht beirren. »Ich habe den ganzen Abend Fotos gemacht. Sogar im Augenblick der Tat, lieber Herr Kommissar!«

Merks stand wie ein Mahnwachsoldat. Er hörte sich geduldig an, dass jemand aus der Elferratsgruppe den Pfeil abgeschossen haben musste. Das war bei diffuser Beleuchtung geschehen, tückisch und hinterrücks. Im Nebentext erfuhr Merks, dass es erhebliche Spannungen im lustigen Völkchen gab.

Einer, den sie Horst nannten, war gegen den Strich als Einziger in feinen englischen Zwirn gekleidet, sogar mit Stehkragen. »Ich stelle Heinrich Schliemann dar, den Ausgräber von Troja. Überhaupt wäre ›Trojas tolles Toben‹ ein besseres Motto gewesen.«

Jens, ein Halbnackter, der den Köcher mit Pfeilen trug, war am ganzen Körper als Afrikaner bemalt. »Jemand muss mir den Pfeil geklaut haben«, stammelte er.

Fotograf Henry schaffte es schließlich, dem Kommissar einen Blick auf die Bildchen der Digitalkamera abzunötigen. Da sah man freilich nur das erschrockene Gesicht des Opfers und wie der Pfeil von unbekannter Hand in das Auge gespießt wurde. Von der Person, die den spitzen Gegenstand führte, erblickte man nur die Hand, die aus dem Jackettärmel ragte.

»Tja …«, Merks räusperte sich und blickte die entgeisterte Runde ruhig an. »Da wissen wir doch jetzt, wer den Pfeil führte.« Damit schickte er sich an, einen der Karnevalisten zu verhaften. –

Wen?

DIE FRAU DES POLIZISTEN

Polizeianwärter Renker war bei seiner Frau aus- und bei seiner Mutter wieder eingezogen. Dem kräftigen jungen Mann sah keiner den Kummer an. Nur dem alten Kripofuchs Merks erzählte er die Geschichte, während beide stundenlang den städtischen Discotempel observierten. Dank Renkers geschärftem Blick fassten sie an diesem Abend den verdächtigen Dealer. Trotz oder gerade wegen seiner inneren Zerrissenheit zeichnete sich Renker durch hellen Verstand aus. Dennoch machte sich der Kommissar um den jungen Kollegen Sorgen.

Als im Spätdienst das Telefon klingelte und auf dem Display die bekannte Nummer erschien, bekam Merks ein ungutes Gefühl. Schon oft hatte »die doofe Doreen«, wie Renker sie titulierte, auf der Dienststelle angerufen. Immer wieder forderte die Verlassene, ihr Mann solle zurückkehren, sonst … Es folgten die üblichen Drohungen von Sich-das-Leben-Nehmen bis Dem-Kerl-einen-Prozess-machen.

Manchmal konnte der Diensthabende den Hörer an Renker übergeben. Doch der war jetzt unterwegs, eine Kneipenschlägerei aufklären.

»Eben wurde bei mir eingebrochen«, berichtete Doreen Renker mit zitternder Stimme. »Wenn Sie Wert auf Diskretion legen, kommen Sie bitte allein.«

»Was ist verschwunden?«

»Leider mein gesamter Schmuck. Außerdem Hendricks gesammelte DDR-Comics, die Digedaghefte, die er so liebt.«

»Durchs Fenster, Frau Renker? Oder durch die Tür?«

»Ach, machen Sie sich jetzt endlich auf die Socken! Der Täter hat in meiner Abwesenheit – ich war nur kurz bei Rewe einkaufen – ganz normal die Tür aufgeschlossen. Na, und wer hat denn noch einen Wohnungsschlüssel?«

An diesem Freitagabend war die Straße eisglatt. Immer noch wollte der Winter nicht aus der Stadt weichen. Gustav Merks fuhr vorsichtig in den Ostbezirk. Im Schein der Straßenlaternen tanzten Schneeflocken. Renkers Wohnung lag im Erdgeschoss, und direkt davor stand der Toyota, mit dem der Kollege früher manchmal zum Dienst erschien. Der Kommissar parkte hinter dem stahlblauen, von einer dünnen Eisschicht überzogenen Wagen.

Nur mit Mühe hielt Doreen Renker an sich, um nicht schreiend oder heulend die Verwüstung zu kommentieren, die das trauliche Heim in eine Räuberhöhle verwandelt hatte. »Hätte er nicht einfach die Digedags einpacken und abzischen können?«, schimpfte die zierliche Frau. »Aber diese ausgekippten Schubladen, das Stochern im Ehebett …«

»Wie weit entfernt liegt die Kaufhalle, in der Sie eben etwas besorgt haben?«

»Oh, ich fahre immer zu Rewe«, gab sie zur Antwort, »obwohl Lidl und Aldi zu Fuß erreichbar sind.«

»Benutzten Sie den Toyota?«

Sie nickte. »Nur eine Dreiviertelstunde war ich fort!«

»Dann«, meinte Merks, »steigen Sie bitte jetzt in meinen Wagen. Auf dem Präsidium unterhalten wir uns darüber, warum Sie nun zu dem unfairen Mittel greifen, ein Verbrechen vorzutäuschen …« –

Was hatte der Kommissar nicht übersehen?

EIN STAR TAUCHT UNTER

Trotz ihrer Jahre wirkte die Leiterin des Altenheims attraktiv. Jetzt aber standen der resoluten Blondine Tränen in den Augen.

»Aber Frau Seiffertz, nun beruhigen Sie sich doch«, meinte der gemütliche Kommissar, der ihr in ihrem Büro gegenüberstand. »Wir werden Opa Piepenbaum schon finden.«

Kommissar Merks hatte den einstmals gefeierten Opernsänger schon Jahre nicht gesehen, seit … ja, seit ihn eine unbarmherzig mit den eigenen Tagesgeschäften überforderte Verwandtschaft ins Altenheim gesteckt hatte. Bis weit in die Rente hinein sang der große alte Mann seine markanten Rollen im städtischen Operntempel, den Gärtner Antonio beispielsweise oder einen der Kellner im Rosenkavalier. Im Heim nun trällerte er bestenfalls mal zum Nachmittagskränzchen. Das passte dem fast zwei Meter großen Bühnenhelden überhaupt nicht. Es war nicht das erste Mal, dass Siegbert Piepenbaum plötzlich ausbüxte. Vorigen Sommer fand man ihn nach acht Tagen in einer alten Gartenlaube. Quietschvergnügt. Er zeigte auf die zahlreichen Flaschen Rotwein neben sich. »Wir machen einen Betriebsausflug«, hatte er erklärt.

Die Heimchefin wimmerte. »Es ist der 24. Februar und nasskalt draußen. Sein Rheuma! Und außerdem …« Der Satz erstickte in einem Schluchzer.

»Was – außerdem?«

»Heute feiert er seinen vierundsiebzigsten Geburtstag. Im Speisesaal wartet eine schöne Torte mit Kerzen.«

»Machte er irgendeine Andeutung, als er das Heim verließ?«

»›Ich lösche meine Identität!‹, hat er getönt. Nun ja, so ein Künstler verfügt über pathetische Sprüche. Doch ist es ja möglich, dass er seinem einsamen Leben ein Ende setzt.«

»Nicht unbedingt«, meinte Kommissar Merks nachdenklich.

Er ließ sich den Weg zum Gartenverein beschreiben.

Die Sonne schien. Aber der Matsch auf den Wegen war verheerend. Leise fluchte der Kommissar vor sich hin. Nicht alle Parzellentore trugen Nummernschilder. Es war eben ein alter, wenig gepflegter Kleingartenverein. Um diese Jahreszeit trieb sich hier draußen weder Mensch noch Hund herum. Vor einem der Tore lag ein Schnipsel festes Papier, in Folie geschweißt. Sah wie der abgeschnittene Streifen eines Reisepasses aus. Irgendwo mochten die übrigen Teile der zerschnittenen Seite liegen. Wind und Regen hatten sie sicher sonst wohin getrieben.

Merks ärgerte sich über seinen fülligen Bauch und bückte sich. Kein Name. Auch nicht der Rest eines Fotos. Auf dem glänzenden Pappstück sah der Kommissar nur eine schwarze Zahlen- und Buchstabenreihe. Während es ringsum bis auf das Geschrei der Elstern still war, las er sich den Eindruck laut vor: »772121580 D«. Das war die Ausweisnummer mit dem D dahinter für Deutschland. Zwei Häkchen folgten. Danach stand »370224 …« Damit riss der Schnipsel schon ab. Ein Lächeln glitt über die Gesichtszüge des Kommissars.

»Herr Piepenbaum!«, rief er über den Zaun. »Sie verstecken sich in diesem Garten. Kommen Sie sofort auf die Bühne!«

Das schien das Zauberwort, das den seinerzeit so pflichtbewussten Opernstar auf die Bildfläche brachte. Eine Laubentür wurde aufgestoßen. Der Hüne starrte mit großen, schönen Augen und wirrem Haar den Kommissar an.

Später, als sie gemeinsam zur Geburtstagstorte zurücktrabten, schmunzelte der Ausreißer. »Natürlich habe ich meine Identität gelöscht, indem ich den Pass zerschnitten habe. Wie kamen Sie bloß darauf, dass es ein Schnipsel von meinem Reisepass war?«

77. TOD IM KARNEVALS-KOSTÜM

Die Straßen waren vereist, der Morgen neblig. Kommissar Merks beschloss, im Regionalzug zum Tatort zu fahren. Gelöst war der Fall, das ausgeraubte Opfer längst aus dem Krankenhaus, nichts drängte zur Eile. Nur eine Ortsbesichtigung stand an. Parallel zu den Gleisen fuhr die grüne Minna mit dem Räuber in Handschellen auf dem Hintersitz. Bei diesem Wetter würde der Zug eher als ein PKW das Ziel erreichen.

Lediglich ein verschlafener junger Mann saß im Abteil, Lockenkopf mit Intelligenzbrille und vom Rollkragen bis zu den Schuhen schwarz gekleidet. Auf dem Schoß hielt er einen riesigen Rosenstrauß.

Gustav Merks lächelte. »Für die Liebste zum Valentinstag?«

Der Jüngere erschrak, lächelte ungeschickt zurück. Merks hatte einen Träumer aus Fantasyland geholt. »Gestatten: Elge Schinkel«, stellte er sich vor.

Merks gab sich als Kandidat bei »Bauer sucht Frau« aus.

»O nein«, sagte Schinkel. »Ihre Aura ist nicht die eines Landmanns. Eher die eines – nun, ich denke mal: Psychologen. Oder – warten Sie! – eines Kriminalisten.«

Der Kommissar gab seinen Beruf zu. »Woran erkennen Sie das?«

»Zwar ist Ihre äußere Erscheinung die eines in seinem Speck ruhenden Agrariers. Aber Ihr Inneres gleicht ganz einem riesigen Ohr. Verstehen Sie das bitte als Kompliment … Ich bin Professor für Mythologie. Und den Strauß hier bringe ich zum Begräbnis eines Ermordeten.« In Schinkels Stimme schwang Trauer.

Das Verbrechen war – Merks hatte davon läuten gehört – beim Fasching des Vereins für Mythologie geschehen. In den Wochen vorher hatte es unter den Mitgliedern bundesweit heftige Spannungen gegeben. Im Schussfeld stand besonders der Bundesvorsitzende Dr. Reinhard Teschner. Viele beneideten ihn um sein fundamentales Wissen, aber waren doch der Meinung, er müsse einem Jüngeren Platz machen. Am Ende des fröhlichen Treibens brach Teschner tot an der Bar zusammen. Jemand hatte ein tückisches Nervengift in sein Bier gemischt.

»Bevor Ihre Kollegen eintrafen, hatten wir den Mörder schon identifiziert. Es war eine Person, die sich während der Vereinsquerelen dadurch auszeichnete, dass sie absolut nichts von Mythologie verstand. – Kennen Sie das Ermittlungsprotokoll?« Merks schüttelte den Kopf. »Ausgezeichnet! Dann lasse ich Sie jetzt den Täter raten!«

Alle waren in Verkleidungen gekommen, die in irgendeiner Weise auf berühmte mythische Gestalten anspielten. Teschner beispielsweise war dem Tod im gelben Mönchsgewand von Gautama Buddha begegnet. Er selbst, also Schinkel, trug die Maske des doppelköpfigen Janus, dessen eines Gesicht in die Vergangenheit, dessen anderes aber in die Zukunft blickt. Frau Sibylle Trömli, eine Schweizer Kollegin, erschien im Schlangenkleid als die ägyptische Erntegöttin Renutet, welche mit ihrem Giftbiss die Kornschädlinge vernichtet. Fritz Solms aus Marbach kam als einäugiger Odin. Als Erde und Himmel ausspähender Gott der Germanen hatte er sich auf jede Schulter eine Papiertaube geklebt. Der Vorsitzende des Utopistenkreises, der schon lange auf Teschners Posten scharf war, also Thomas Behtz, trug das fantastischste Kostüm. Als olmekischer Jaguargott versteckte er sein Gesicht unter einer Großkatzenmaske und hatte den Jogginganzug mit gelben Fellteilen benäht. »Professor Georg Schupper jedoch, der als schwertschwingender Erzengel Michael …«

»Schon gut«, wehrte Merks ab. »Sie haben die Tatperson schon beschrieben. Es kann nur jemand gewesen sein, dem oder der ein großer Fehler bei der Kostümierung unterlaufen ist …« –

Wer mischte das Gift?

DIE KRIMILÖSUNGEN

1. Anke traf vor dem Schneefall ein. Also liegen keine Flocken unter ihrem Wagen.

2. Lutz betäubte sein Opfer im Auto, trug es durch den Schlamm und ermordete es in der Laube. Denn Peters Schuhe waren schlammfrei.

3. Im Sommer verdeckte das dichte Kastanienlaub die Sicht.

4. Das Besengeräusch musste aufhören, wenn sich Strobelli kurz vor der Plattform befand. Aber Wegener stoppte es früher.

5. Hätte er wirklich Zeitung gelesen, hätten die Buchstaben für ihn auf dem Kopf gestanden.

6. Die Betriebsuhr stellte sich 2 Uhr automatisch auf Sommerzeit.

7. Richard zog die Uhr sofort auf und stellte sie auf 12. Von der Zeit auf der Hoteluhr zog er die bis dahin verstrichenen Minuten ab.

8. Nachts vorm 20. März wurde die Losung gepinselt. Herta Trojans Laden öffnete aber erst am Morgen.

9. »... Bienen auf einen starken Fremdgeruch panisch reagieren und dann sogar ihren Besitzer angreifen.«

10. Hätte Ellen Weinert den Strom ausgeschaltet, wäre das Fax nicht angekommen.

11. In der vorösterlichen Bußzeit hätte Martha einen violetten Morgenmantel tragen müssen.

12. Den Stick klebte Richard mit Kaugummi unter den Stuhlsitz.

13. Pferdenamen beginnen mit dem Anfangsbuchstaben der Mutterstute, dürfen nur 18 Anschläge enthalten und nicht anstößig sein.

14. Schallwellen streuen von oben nach unten breit. Somit waren Leberechts Rufe vom Ballon aus unten nicht zu verstehen.

15. »... drei Pfingstfeiertage. Zwei Pfingstfeiertage gibt es erst seit Ende des 18. Jahrhunderts.«

16. Bei der Vollbremsung wäre Röschen nicht nach hinten, sondern nach vorn, gegen die Fahrerkabine gefallen.

17. Bei solchem Dauerregen war das Wasser trüb und nichts auf dem Grund zu erkennen.

18. Er rieb den Löffel an der Hose und lud ihn dadurch elektrisch auf. Da wurde der leichte Pfeffer angezogen, und das schwerere Salz blieb liegen.

19. Tilo kannte die Blondine schon lange – denn Weidenkätzchen blühen im Frühjahr.

20. Kevin. Musiklehrer. Schornsteinfeger. Der (kleine) Schüler reicht bloß bis zum Knopf des 6. Stocks. Das Echo.

21. Wenn Mirko zum Regenbogen aufsah, strahlte die Sonne hinter ihm. Dann konnte sie ihn aber nicht blenden.

22. Der Chlorgehalt des Wassers widersprach einem Ertrinken im Natursee.

23. Botho stellte sich mit dem Strick um den Hals auf eine Skulptur, die dann unter ihm zerfloss.

24. Angeblich konnte der Glatzkopf keinen Schritt humpeln – doch die Krücken standen weit entfernt vom Bett.

25. Die Seiten 125 und 126 bestehen aus einem Papierblatt.

26. Kaum hätte der nach so langer Zeit von Wasser durchtränkte Koffer obenauf schwimmen können.

27. Auf Schweizer Briefmarken steht HELVETIA.

28. Eine »leibliche Tochter« kann nicht drei Monate nach ihrer Schwester geboren sein.

29. Menschenaffen können nicht schwimmen.

30. Der Mörder vergaß die ausgehändigte Nachnahmegebühr von 12,98 Euro. Dieser Betrag fand sich neben dem 4-Cent-Rest vom Fünferschein beim Opfer. 12,98 + 0,04 = 13,02 Euro!

31. Auf den zwei Kilometern Waldweg wäre das Eis sicher geschmolzen, hätte sich Bernräuber nicht beeilt. Da blieb keine Zeit für einen Überfall.

32. Julia. Mit abgekauten Fingernägeln konnte Hendrik die Zwecken nicht herausziehen.

33. Die Pistole wäre nach fast drei Monaten angerostet gewesen.

34. Die Spaziergänger besteigen das Schiff, damit es tiefer eintaucht.

35. Die Spitze des Schattens hatte 1818 viel näher am Baum gelegen.

36. Wäre die Brieftasche auf der Beifahrerseite herausgeworfen worden, hätte sie nicht auf dem Mittelstreifen, sondern am Straßenrand gelegen.

37. Kräder beim Motocross fahren ohne Scheinwerfer und Hupe.

38. Wolfgang Borchert starb am 20. November 1947, einen Tag vor der Premiere seines Stücks.

39. Die Opfer im Parterre und oben wurden nacheinander erschossen. Eine dichte Abfolge der Schüsse ist ausgeschlossen.

40. Frau Nolte trennte mit dem schlecht leitenden Stiel den Stromfluss – eine lebensrettende Tat!

41. Elstern nutzen immer mehrere Verstecke, die sie sich erstaunlich gut merken.

42. Stahl wird erst seit dem 15. Jahrhundert hergestellt.

43. Unter den Motorradhelmen konnte der angeblich Überfallene kaum solche Details erkennen.

44. Der Tapetenstreifen wurde nach Witalijs Tod auf die Blutspritzer gelegt.

45. Ein unverschlossenes Tor lässt sich nicht aufschließen.

46. Im dichten Nebel hätte Hubel über den Fahrdamm hinweg die Schlagzeile nicht lesen können.

47. In dem abgelegenen Ort schneiden sich die Friseure wohl gegenseitig die Haare. Also ist der Schmuddelfink der Bessere.

48. Links stand die Diplomatie, in der Mitte die Lüge, rechts die Wahrheit.

49. Die heute-Sendung strahlte das ZDF erstmalig am 1. April 1963 aus.

50. In dem in den Safe geschlossenen Glas befand sich kein Gift. Schimunek hatte bewusst den vergifteten Wein auf dem Tisch stehen lassen.

51. Die alten Stiefel hatten viel niedrigere Absätze als die frisch gekauften. Dadurch befand sich Dianas Kopf weiter oben als sonst, was für sie zum Betriebsunfall mit tödlichem Ausgang führte.

52. Bezogen auf die Gesamtladung bringt der Kinderwagen 250 Kilo auf die Waage. Selbst für eine Zwillingskutsche zu schwer!

53. Leipzig ist ein Kopfbahnhof. Die Züge wechseln in die entgegengesetzte Richtung, was das Opfer natürlich spürte.

54. »… keine Frau mit frischer Frisur wird ohne Duschhaube ins Bad gehen.«

55. Gefragt war die Anzahl der Buchstaben, mit denen die Ziffer geschrieben wird (36 hat 15 Buchstaben usw.).

56. Füll Wasser in die Lampe! Dann schwimmt das leichtere Petroleum nach oben – und der Docht erreicht es wieder.

57. In der langen Zeit hätte die angezündete Kerze tiefer niedergebrannt sein müssen.

58. Linkshänder schneiden mit den für Rechtshänder gebauten Scheren meist unsauber aus.

59. Eine der Diebinnen, die in Roses Abwesenheit noch das Haus ausrauben wollte.

60. »Es ist keine strafbare Handlung. Doch die Bank ersetzt einen Geldschein nur, wenn mehr als die Hälfte davon übrig ist.«

61. Beim Sturz aus solcher Höhe wäre die Flasche kaputt gewesen.

62. Höchst selten – wie z. B. im Januar 2004 in einem polnischen Ort – brüten unsere heimischen Vögel im Winter.

63. Der Pfiffikus musste den Wegweiser bloß so aufstellen, dass die Schrift »Birnhain« dahin zeigte, woher er kam. Eine andere Latte hätte ihm dann den Weg nach Döbschen gewiesen.

64. Wer erkennt denn im dunklen Auto etwas auf dem Stadtplan?

65. Wenn die beleidigte Gluckenmama den Wecker gehört hat, hätte sie auch den Krach beim Zertrümmern der Porzellanfigur vernommen.

66. Der schneller laufende Zeiger ist der lange. Gustav Merks wartete ein bisschen und wusste 0 Uhr 08 Bescheid.

67. Merks notierte die falsche Uhrzeit, dann die richtige bei Ankunft und Weggang aus dem Dorfkrug, zog die Wegezeit ab und stellte den Regulator.

68. Merks tippt die Zahl 745 ein. So viele Stunden zählt der Oktober wegen der zusätzlichen Sttunde bei der Zeitumstellung.

69. Die einzelne Fußspur auf dem Foto von 20 Uhr 08 stammt von Kosel, der die Drogen zum PKW brachte.

70. Natürlich hatte sich »Mustermann« auch im Oberhofer Hotel fotografiert. Ein Anruf dort genügte für seine Identifizierung.

71. Wenn Müller nicht in der Saison mitspielte, konnte er auf keinem Video zu sehen sein.

72. Bei Sturmstärken über 90 km/h schalten Windräder automatisch ab.

73. Sie bauten einen Schneemann!

74. Nur der als Heinrich Schliemann verkleidete Horst trug ein Jackett. Er war der Täter.

75. Hätte sie das Auto vor kurzem benutzt, wäre es nicht von einer Eisschicht überzogen gewesen.

76. Die zweite Zahlenkolumne im Reisepass enthält in umgekehrter Leseart das Geburtsdatum des Inhabers: 24.02.37.

77. Der als Odin kostümierte Fritz Solms. Dem Germanengott saßen nicht Tauben, sondern seine beiden Raben Huginn und Muninn auf den Schultern.